SPEC Ⅰ

脚本／西荻弓絵
ノベライズ／豊田美加

角川文庫
16509

SPEC
スペック

警視庁公安部公安第五課

未詳事件特別対策係事件簿

1

瀬文焚流《せぶみたける》は被告人として、警視庁の聴聞委員会の証言台に立っていた。

スッと背筋を伸ばし、聴聞委員たちの疑心に満ちたキツネ目に晒《さら》されても、少しも動じる様子はない。36歳の若さでＳＩＴの隊長になっただけあって、風格さえ感じさせる堂々とした落ち着きぶりだ。

「これが最後のチャンスだ。正直に答えなさい」

「はい」

引き締まった肉体と、鋭い眼光。絵に描いたような現場叩《たた》きあげの刑事である瀬文の身に驚くべき椿事《ちんじ》が出来《しゅったい》したのは、これよりちょうど1週間前のことである。

その日、瀬文の率いるＳＩＴ——いわゆる特殊捜査班は、とある犯人グループを倉庫に追い詰めていた。

逮捕は時間の問題だったが、最後の悪あがきか、銃を所持していた犯人たちは、逃げ込んだ倉庫から猛然と乱射して来た。

瀬文は数名の部下とともに応戦し、H&K MP5の弾倉を入れ替えながら素早く命じた。

「慌てるな。いいか。俺が威嚇射撃する。GOを出したら、突入だ」

ドイツ製の高性能短機関銃は、瀬文の手の中で、今か今かと出番を待っている。その間も、敵の銃弾が絶え間なく浴びせかけられる。向こうも自棄《やけ》になっているのだろう。

と、瀬文は傍らにいる部下が、ガタガタ震えていることに気づいた。ボディーアーマーの数字は11。志村優作《しむらゆうさく》だ。無理もない。まだ24歳の志村にとっては、これが初めての銃撃戦である。

「志村、復唱!」

瀬文の鋭い声が飛ぶと、志村はハッと我に返った。

「瀬文隊長が威嚇射撃後、GOの合図で突入します」

「よし。終わったら、何が食いたい? おごってやる」

この場にそぐわない気軽な口調で、瀬文は言った。

「……『銀だこ』のさっぱりおろし天つゆねぎだこが……食いたいっす」

「遠慮すんな。焼肉でもいいぞ。『牛角』とか『安安』とか……」

「『銀だこ』のさっぱりおろし天つゆねぎだこが、食いたいっす」

志村は真っ青な顔をしながら、何とか笑った。他の者たちも笑い、瀬文も笑った。

「よし。とっとと片付けて、『銀だこ』行くぞ」

それぞれの配置を小さな手振りで指示すると、部下たちは心得顔でザッと散開した。いずれも優秀な者ばかりだ。

そして一人、ほとんど実戦経験のない志村優作だけが、隊長の瀬文のもとに残った。


「自分は手順に従い……」

滑舌の良い大きな声が、部屋に響き渡る。事件について、瀬文の証言が行われていた。

「……突入しました。ところが、隣にいたはずの部下が……」

部下とはもちろん、志村優作のことである。

「目の前に、飛び出して来たんです」

聴聞委員たちの表情が、そろって不愉快そうに歪《ゆが》んだ。

瀬文は横にいる志村に合図し、威嚇射撃を開始した。

「GO！」

ところが、一緒に突入するはずの志村がいない。

「あのバカ」

怖気づいて隠れやがったか。瀬文が一人で突っ込もうとしたそのときだ。20メートルほど先の柱から、いきなり黒い影が飛び出してきた。

「！」

はっきりと見える——SIT、11番の文字。

「志村？」

「うおおお！」

何故と考える間もなく、志村は奇声を発しながら、短機関銃を乱射し始めた。

「志村！　撃つな！」

「うおおお！」

11連発の弾丸が瀬文目がけ、一列に連なって発射された。マシンガンから飛び出した薬《やっ》莢《きょう》が、スローモーションで弧を描き、宙に舞う。

時間が止まった。まるで、世界が静止したかのようだった。

ＭＰ５は命中精度がずば抜けて高い。瀬文が死を覚悟した次の瞬間、ありえない事が起きた。11連発の銃弾を浴び、血しぶきを上げて地面に倒れたのは——、志村だった。

「ぐは」

「志村!!」

混乱する頭の中を整理するより先に、体が動いた。全速力で志村に駆け寄る。

「志村！」

血だまりの中、瀬文は愕然《がくぜん》として志村の体を抱え上げた——。

「いい加減にしろ！」

証言の途中で、聴聞委員の一人が怒鳴った。

「一緒に突入した人間が、一瞬にして敵側に移動できるわけがない」

瀬文は、静かにその目を見た。

「自分もそう思います」

「君ともあろう者が、なぜそんな見え透いた嘘を。君の部下は、今、命を落としかけているんだよ」

別の聴聞委員が、険しい顔で瀬文をにらむ。

「……しかし、自分は志村に向かって発砲していません。志村が我々を撃って来たんです」

「じゃあ、志村は自分が撃った弾に自分で撃たれたとでもいうのか！」

「……はい」

非難の視線が、いっせいに瀬文に集中する。

「バカバカしい。君が志村を撃った後、銃をすり替えたんだろう。なぜ事実を認めようとしない。君の立場が悪くなるだけだぞ」

「……自分は、事実だけを述べております」瀬文は淡々と答えた。

苦り切っている聴聞委員の面々の中で、一人だけ、瀬文の話にじっと耳を傾けている40がらみの男がいた。これまた目つき鋭く、ただ者でない雰囲気をまとっている。

公安部特務専任部長、津田《つだ》助広《すけひろ》である。

聴聞会の後、瀬文は会議室に呼ばれ、捜査一課管理官の馬場《ばば》香《かおる》から話を聞いた。

「聴聞会の結果、突入捜査は適切だったという判断が出た。我々もホッとしたよ」

「………………」

「ところで、突然だが、君は本日付けで、公安第五課未詳事件特別対策係に異動することになった」

「未詳？　自分は、飛ばされたということですか？」

「いや。公安からの強い要請だ。若手のエース、瀬文君をぜひにとね」

その尊大な口調は、いかにもエリート刑事にふさわしい。

「……しかし、自分はこの手で、志村が撃たれた何らかの仕掛けを暴きたいんです。立てこもり犯を追えば……」

「無論、それは我々が引き続き捜査する。以上だ」

強引に話を打ち切って、馬場は顔を背けた。

＊

その頃、警視庁近くにある少々小汚い店のカウンターに一人の若い女がいた。汚れた看板にはうっすらと『中部日本餃子《ギョーザ》のＣＢＣ』と書かれてある。

妙に陰気な猫背の女で、痩《や》せぎすな体のどこまでが胃袋なのか、10人前の餃子が次々と口の中へ吸い込まれていく。

「くくく……シュレーディンガーの猫……ウケる……」

女は怪我をしているらしい左手を三角巾《さんかくきん》で吊《つ》るし、割箸《わりばし》を持った右手で量子論の本をめくりつつ、心底愉快そうに笑っている。

「……何がおかしいんだ」

『中部日本餃子のCBC』の親父が、薄気味悪そうに尋ねた。

「てか、観測される前の1個の電子は場所AとBとCとって感じで本当に同時に複数の場所に存在しているわけですよ。それをこんな難クセつけちゃって……」

親父はどうも女の存在が気に入らない様子で、客足が途切れて暇なのか、店の隅のテーブルでジグソーパズルを始めた。完成すれば巨大餃子が出来上がるはずだが、これがほとんど白一色の難物である。

女は、ゴチャゴチャのピースの山をグイと一瞥《いちべつ》し、チッチッチッと舌打ちした。

「1ピース、足りない」

「はあ?」

親父が振り向くと、女はもう量子論の本に見入っていた。

「くく……んで、レフ・ランダウは何ってつっこんでんだ」

＊

公安部公安第五課未詳事件特別対策係。警視庁では、もっぱら「未詳」と称されている。

リフターで未詳のフロアに上がってきた瀬文の目に、始終誰が来るのか待ちかまえているのだろう、白髪頭のいかつい顔が飛び込んできた。

「ど、どちら様で」

その肩越しにすばやく室内に目を走らせると、どこかガランとした印象だ。デスクは11もあるが2つしか使われておらず、棚はどれもスカスカで、ロクな資料もない。テレビは、いまだにアナログだ。

この、部屋全体に漂うヌルさ。瀬文は大きな違和感を覚えつつ、野々村《ののむら》に敬礼した。

「本日付で、捜査一課より転属を命じられました、瀬文焚流警部補であります」

「お、おう君が……。公安部公安第五課未詳事件特別対策係長・野々村光太郎《こうたろう》です。柿ピーは？」

「結構です」

70歳というが、少々ボケているのかもしれない。

「あ、そ」

野々村は気を悪くした様子もなく、出しかけていた柿ピーの袋をひっこめた。

瀬文は粛々とデスクのホコリを払い、段ボールの私物をきちんと引き出しにしまうと、PCを立ち上げて仕事の準備を始めた。

「まあ、ご存じかとは思うけれど、我々の部署は、不可思議な事件を取り扱う部署でね…

……。例えば、超能力で人を殺した、なんて言うような、科学では解明できないような、誰も信じないような、つまり、検察も起訴しようがないというか、立件しようがないというか、そんな事件を専門に扱う……」

「要するに、頭がおかしいとしか思えない相談とか、ハードクレーマーの無茶苦茶な苦情がたらい回しにされて来る部署だから、それをのらりくらりかわすだけで何もする事はない、という噂の通りということですか」

「タハハ。まあ、見方によっては、そういうことかな」

認めるのか。笑うところなのか。いいのか、それで。

「で、この部署は係長だけですか」

イラッとしながら尋ねる。

「ま、うちはあとは当麻《とうま》君という、24歳のギャルがいてね。これがなかなか……」

話の途中で電話が鳴る。出ようとした瀬文を制して、野々村が受話器を取った。

「はい、未詳……ええ！　当麻君が、つかまった？　どうして？　食い逃げ？」

＊

悪ふざけとしか思えないが、『中部日本餃子のＣＢＣ』の親父に首根っこをつかまれ未詳に突き出されてきたこの女が、もう一人のメンバーである当麻紗綾《さや》らしい。

化粧っ気のない顔に、今どきどこで売っているかと思うような地味なグレイのスーツと白いソックス。24歳のギャルとは、これほどダサい生き物だったろうか。

野々村が親父に代金を支払おうとしていると、

「チッチッチッ」

当麻が、舌打ちでちょっと待ったをかけた。「ヒドイな。食い逃げだなんて。てか、逃げてねーし」

「どう見ても怪しいから、刑事だなんて言われても、信用できなくてさ」

親父の言い分ももっともだ。

「お財布忘れただけでしょ。ちなみに、食い逃げは刑法にはないから」

「え⁉　そうなの」

当麻の言葉に野々村がすっとんきょうな声をあげる。やはりボケているのかもしれない。

瀬文は内心ため息をつきつつ、親父に尋ねた。

「で、おいくらですか」

「1万飛んで600円です」

「1万飛んで600円？」

信じがたい金額である。

「よく食べるんだよこの子」

野々村はさして驚きもせず、自分の財布から親父に金を渡している。

「どうも、ご迷惑おかけしました」

「お前が謝れ」

瀬文ににらまれた当麻は不服らしく、ブツブツ言いながら、ちょっとだけ頭を下げた。

「1万飛んで600円、確かに。今度は、財布忘れちゃダメだよ。毎度」と、親父が集金バッグに代金をしまう。

野々村に対してはさすがに申し訳ないと思ったのか、「すいません……」当麻は小声でつぶやいた。

「病院寄ったんじゃなかったの？」

「病院では、確かに持ってました。たぶん、玄関を出る時にすれ違った人に盗まれたんですよ」

「それは？」

瀬文が当麻の左手を指差した。三角巾から、何かが飛び出している。

「え？　あ!……何でこんなところに、財布が……」

野々村が、無言で当麻を見る。

「あ、お金返します」

当麻は焦り、使える片手で財布を開けようとアタフタしている。この女は、普通の行動ができないのだろうか。

「慌てないでいいから。それより、こちらが瀬文君。こちらが、当麻君」

「よろしく」

一応瀬文が会釈すると、当麻はたちまち興味津々の目つきになった。妙な女だが、ぱっちりした澄んだ瞳《ひとみ》や、きゅっと口角の上がった小ぶりの唇や、よくよく見れば可愛らしい顔立ちをしていなくもない。

「あ!! この人が例の不思議な事件の……当麻です。お会いできてだいぶ感動です」

ちぐはぐな挨拶《あいさつ》をして、瀬文の顔をじっと見る。

「意外に普通の人間だな」

数秒で飽きたらしく、つまらなそうに言うと、当麻は自分のデスクへ行ってしまった。

「………」

腹の底でフツフツとたぎるものがあるが、自制心の塊である瀬文は、あくまで表情を崩さない。

すると、野々村が寄って来て当麻を目で追いながら、「こう見えて、京大理学部卒でね」と鼻をうごめかした。

「だから何です?」

瀬文は間髪容《い》れず冷やかに切り返す。

「や……やりにくいな……」

気づけば当麻はテレビの前に陣取っており、イソイソとDVDプレーヤーにディスクをセットし、リモコンの再生ボタンを押した。

「今日は何？」と野々村も柿ピー片手にテレビの前に移動した。

「気だけで人を倒す気功の達人の映像を入手してきました。捜査の資料になればと……」

当麻は真剣な表情で画面に見入っているが、雑な映像はあきらかに嘘くさい。

「……バカバカしい。こんなインチキなもの、眺めるのが仕事なのか」

瀬文の口から思わず本音がもれる。

「人間の脳は通常10％ほどしか使われてません。残り90％がなぜ存在し、どんな能力が秘められているのか、まだわかっていないんです。映画『レインマン』で障害を持った兄が驚異的な記憶力を見せたり、百以上のものの数を一瞬にして数え切る能力が描写されたりしてますが、あれは『サヴァン症候群』と言って、実際に存在する人間の能力です」

「…………」

「もちろん、サヴァン症候群を持ち出すまでもなく、いずれ人類の進化に合わせて残りの脳の領域が目覚めていくことは間違いありません。残念ながら、このDVDで描写されている気功はマユツバくさいですが」

DVDを停止すると、当麻は瀬文に向かって断言した。

「通常の人間の能力や常識では計り知れない特殊なSPEC《スペック》を持った人間が、この世界には既にいると私は思います」

特殊なSPEC？——特殊能力を持つ人間がいるというのか？

「超能力者とか霊能力者とかってこと？　バカバカしい」

「あたしは会ったことがあります。身をもってその恐ろしさを知りました。そして多分、あなたもそうですよね」

「…………」

「だから、聴聞会で証言を曲げず、ここにいる」

当麻に真正面から指差され、思わずカッとなる。

「わかったような口きくな」

そこへ「入ります」と声がして、若い女性警察官が部屋に入ってきた。ハタチそこそこにも見えるが、色白で、当麻などよりはるかに色っぽい。

「ゲ。み、雅《みやび》ちゃん、何しに来たの」

なぜか野々村が動揺している。反対に、雅ちゃんという女性警察官は余裕をかまし、含み笑いをたたえて言った。

「公安部公安第五課未詳事件特別対策係にお客様が。張り切ってどうぞ」

「お。仕事か。よかった」

仕事でなければ何なのか。瀬文が訝《いぶか》っていると、二人の男が入ってきた。一人はテレビでよく見かける男で、絵に描いたような仏頂面である。

「初めてのお客だ。いらっしゃいませ」

当麻が揉《も》み手《で》せんばかりに出迎える。

「………」

瀬文は、改めて不安を覚えた。

*

客は、五木谷春樹《ごきたにはるき》。36歳のタレント代議士である。

「五木谷先生のお姿は、いつもTVで拝見しております」

野々村が言うと、五木谷は応接コーナーのソファにふんぞり返り、フンと鼻を鳴らした。不機嫌を隠そうともしない。

「私、秘書の脇《わき》と申します」

傍らに控えた誠実そうな40代前半の男が、名刺を差し出した。『正義党代議士五木谷春樹事務所　第一秘書　脇智宏《ちひろ》』とある。

「そうですか。それで、有名な代議士先生が、私どもにどういったご相談でしょう？」

野々村が話をしている間、瀬文はＰＣに向かい、『五木谷春樹』を検索してみた。「タレント」「正義党代議士」「ＩＴ株長者」など、華々しい肩書きがいくつも画面を飾る。

瀬文が経歴を読んでいると、急に画面が動いた。いつの間にか当麻が横にいて、断りもなくスクロールしている。

「勝手に触るな」

「もう入りました」

「何が、どこに？」

「データが、ココに」と、自分の頭を差す。

スーッとスクロールするだけで、当麻の脳は完璧《かんぺき》にすべてを記憶してしまう。そんなことを知る由もない瀬文は相当変わった女という認識を強めるばかりだ。

「たらい回しにされる度に、いちいち説明しなきゃならないの」

ソファでは、五木谷が溜息《ためいき》をつき、英語で文句を垂れていた。

「先生、私から……」主《あるじ》を気遣い、脇が話し始めた。「実は、先生が懇意にしている冷泉《れいせん》俊明《としあき》という占いの先生が、嫌な予言をしまして」

「嫌な……」と野々村。

「予言……！」当麻はククと嬉《うれ》しそうに笑い、するすると五木谷たちの正面に座った。

「こちらは？」

「当麻君、ご挨拶を」

野々村に促されて当麻が自己紹介し、脇が話を再開した。

「実は明日、五木谷グループ創立15周年を記念してパーティーを開くことになっているんですが、冷泉先生によりますとそのときに……」

言い淀《よど》んでいる脇に代わり、五木谷が苦々しく吐き捨てた。

「私が殺されると言うんですよ」

「え！」

話をデスクで聞きながら、瀬文は新たに『冷泉俊明』を検索する。

「殺されたくなければ、2億円払えと言ってるんだ」

「2億円！　何で占い師が？」当麻は身を乗り出した。

「そうすれば、未来を変える方法を教える、とか」

脇が答えると、野々村が苦笑しながら、

「それはまた、随分とインチキな占い師ですな」

「いや。それが困ったことに……冷泉先生は、本物なんだよ」と、五木谷は眉《まゆ》を寄せた。

「これまで何度、あいつの言う通りにして、助かったか」

「だったら2億位出せばいいんじゃゃ。資産400億近くもお持ちのようですし」

この当麻の提案は、脇にあっさり却下された。

「いや。しかしいくら何でも、常識的に考えて、占いで2億払うというのは……」

「御尤《ごもっと》も」と野々村。

「ならパーティー延期したらどうですか？」

瀬文が話に入ってきた。すると脇が困惑顔で、

「政財界の実力者や各界の著名人を大勢お招きしてしまった手前、占い師に言われたからと言って、今更取りやめるわけにも」

「何だそれ」

瀬文はバカバカしいと言わんばかりだ。五木谷がムッとしているのを見てとった野々村は、慌てて「わかります」とフォローを入れた。

「だいたいね、そんな不吉な予言で、私から金を搾り取ろうとする冷泉がけしからんのですよ。長年の友人だと思ってたのに。これじゃまるで恐喝だ」

確かに、というように当麻と野々村がうなずく。

「そこで、金曜日のパーティーで、先生にSPをつけて頂きたいんです」

「しかし、占い師がそう言ったからSPをつけろと言うのは、いささか大袈裟《おおげさ》と言いますか……」

「私が毎年いくら税金を納めてると思ってるんだ。4億だよ、4億」

「4億も。お気の毒。ククク」

「何だと‼」

「当麻君」

野々村はさっきから、冷や汗のかき通しである。

「まあ、ご存じの通り、うちの五木谷は一応国会議員ですし、テロの可能性もあります。なのに警備部へ行ったら、予言とか占いが絡む事件は未詳で扱うと言われて来たんです。秘書の私が言うのも何ですが、先生にもしものことがあったら日本の損失ですよ！　いっそ、警視総監に直接お願いした方がいいですかね」

「いやいや大丈夫。わかりました、わかりました。男・野々村、身を賭《と》して善処します」

機嫌を損ねまいと、野々村が急いで取りなす。

大げさな。瀬文が呆《あき》れていると、部屋の隅から、気の毒そうな声が聞こえてきた。

「大変だね。公務員は」

『中部日本餃子《ギョーザ》のCBC』の親父が、椅子に座り、のんびり煙草をふかしている。

「まだいたの」

さっさと帰れというように、当麻が顔をしかめた。

＊

「占い師に言われたからって、脅迫状も来てないのにいちいちＳＰがつけられるわけないでしょう。常識で考えて下さい、常識で」

警備部にあっさり門前払いされ、野々村と当麻は、すごすごと未詳に戻ってきた。瀬文には明白だったが、敢《あ》えて口は出さない。

弱ったなあというように、野々村はオデコにピタと手をやった。

「やはり、明日は我々だけで警護に当たるしかないようだな」

「あの警備部の警官、本当に殺人事件が起こって責任とらされたら面白いのに。ククク」

「……ＳＩＴ出身の瀬文君、何とぞよろしく頼むよ」

「命令であれば万全を期します」

「チッチッチッ」当麻が、ちょっと待ったの舌打ちをする。「てか、その前に事情聴取しといた方がよくないですか」

「ん？　誰に？」

「未来を司る男、冷泉俊明ですよ。本当に未来が見えるなら、どうやって殺されるか事前に聞いとけば、楽じゃないすか」

「アンチョコだね!! チョベリグ〜ッドアイデアだよ。当麻君」

「その色紙は？」

当麻が愛用のキャリーバッグに色紙を入れようとしているのを、瀬文が見とがめた。

「ついでにサインもらっちゃおうかなって思って」

瀬文は無言で色紙を取り上げ、バリバリに破ると、きちんと可燃用のゴミ箱に捨てた。

「あ」

＊

高級日本家屋の入り口に『冷泉洞』という看板がかかっている。瀬文の目にはとてつもなく怪しげに映るが、世の中どうなっているのか、繁盛しているらしい。

「待たせますねぇ」

瀬文は、イライラしながら腕時計を見た。

「予約が1年先までビッチリらしいですから仕方ないですよ」

当麻はのんびりと悪趣味なロビーを見回している。

「予言じゃなくて、悪い冗談だと言ってくれたらいいんだがね」

野々村が言ったとき、鑑定を終えたらしい中年の男性がロビーを抜けて出て行った。しよっちゅう経済誌の表紙を飾る大物企業家である。

「今のは、梅下《うめした》電気の社長だね？」

「なんか、やっぱ、本物の匂いがしてきましたねぇ。日本の大物を陰で操る男……ククク……」

キモい女。瀬文は冷やかに当麻を見た。

そこへ、「お待たせしました」と冷泉の秘書が現れた。3人が案内されたのは、築山《つきやま》がまん中にどーんと鎮座ましましている大きな和室である。

部屋の奥に座っている温和そうな男が、冷泉らしい。

「どうぞ。次の鑑定まで、5分程しかないんですが」

広いテーブルを勧められ、一同は並んで座った。

「お手間は取らせません。代議士の五木谷さんに、あなたがなさったという予言の件で。明日のパーティーで、五木谷さんが殺されるという……」

さっそく野々村が切り出すと、冷泉は神妙な顔つきになった。

「……本当に、残念です。五木谷さんに聞き入れて頂けなくて……」

「冗談なら今のうちに撤回した方が、身の為ですよ」

瀬文がズバリ言った。

「冗談!? 冗談なんかでそんなこと言いません。私には未来が見える。未来は絶対なのです」

呆れて物も言えない瀬文の横で、当麻が「チッチッチッ」と舌打ちした。冷泉の言葉が引っかかったらしい。

「何か？」

「未来は絶対なんだったら、2億出しても変わらないんじゃないですか」

「未来を知れば今の自分を変えられる。今の自分が変れば未来が変わる。これ必定」

「そか。それもそか」

「ご納得頂けましたか」

「いくら何でも、2億はボリすぎじゃないですかね」瀬文は、歯に衣着《きぬ》せるなどというまだるっこしいことはしない。

「私は、神の声を聞き、それをお伝えしているだけです。五木谷さんに信じる心があるかないか、私を通して、神が試されているのです」

そこへ、秘書がやってきた。

「お時間です。そろそろお引き取りを」

「はい」

立ち上がったのは野々村だけで、当麻は座ったまま、愛想よく言った。

「すいません、一つ、ヤボ用なんすけど」

「何でしょう？」

「できれば、私たちの未来を予言してもらえません？　例えば、今夜の9時頃何が起きているか」

「先生、無駄なことはなさらないで下さい。次のお客様がお待ちです」

秘書は止めたが、冷泉は「わかりました」と微笑み、首を捻《ひね》った。神の声を聞いているらしい。じっと見ていると、占い師はやおらレモンを取り出し、丸ごとガツガツ食らいついた。

「ラミパスラミパスルルルルル」

どこかで聞いたことのあるような呪文を唱え、秘書が用意したメモ用紙に何やら書きつけると、今度は瀬文を見る。

「ラミパスラミパスルルルルル……」

また何やら書きつけ、二つの封筒にそれぞれの紙を入れて、当麻と瀬文の前に差し出した。

「夜の9時頃、開けてみて下さい」

「すごい。当たってたら、私、あなたの事、信じますよ」

はしゃぐ当麻に、冷泉はニコリとした。瀬文の目には、その笑顔も胡散臭《うさんくさ》い。

「当麻君、行くよ」

野々村が促すと、今度は瀬文が、無愛想に言った。

「確か、未来が見えるとか。じゃあこの後、俺が何をするか、わかってるな」

「ええ」

「話が早くてよかった。逮捕する」

「どういうこと？」野々村はきょとんとしている。

「容疑は恐喝。逮捕状だ」

瀬文はスーツの内ポケットから逮捕状を取り出し、冷泉に掲げてみせた。

「いつの間にとったんだ」

そう言う野々村の判子が勝手に押してある。

「霊感で人を脅して金を取るのは、この国じゃ違法なんでね」

「それもそだ」と当麻。

「自分の予言を実現させるため、あんたが五木谷殺害を計画している可能性もある」

「なるほど」と野々村。

瀬文が手錠を取り出すと、秘書が血相を変えた。

「何をなさるんです！」

わめき立てる秘書を制し、冷泉は落ち着き払って言った。

「すべては私の想定内。私は自らの身の潔白のため拘束されるのです。そして五木谷氏はパーティーで必ず毒殺される」

「毒殺……！」

罰あたりにも、当麻がワクワクしていることは一目瞭然《りょうぜん》である。が、瀬文は霊感を信じるなどという、時間の浪費はしない。

冷泉を連行すべく聖なる築山をグイグイ踏みつけると、秘書が「ギャ〜」と卒倒した。

「こんなことをしても無駄ですよ。未来は絶対です」

警視庁の留置場にぶち込まれても、冷泉は平然として、微笑さえ浮かべている。

「くだらん予言なんて俺が阻止する。あんたがインチキだということを、世の中に証明してやるよ」

そう言い捨ててきびすを返すと、話を聞いていた野々村と当麻が瀬文の後を追ってきた。

「さすが、ＳＩＴ出身、やることが違うね」

「瀬文さんの予言……」

当麻が差し出したのは、例の封筒である。おせっかいにも、瀬文の分まで持ってきたらしい。

「くだらん」

瀬文はそれをビリビリに破って、一片も散らすことなく、廊下のゴミ箱に捨てた。

「あ～」

＊

パーティーの前日、高い天井の広々としたフロアを、キャリーバッグを引きずりながらウロチョロしている怪しい女がいた。

「ここがパーティー会場か……」

当麻である。会場の入り口付近では、瀬文が脇と警備の打ち合わせをしていた。

「廊下は外から丸見えです。狙撃されたらひとたまりもない」

派手好みの五木谷らしく、パーティー会場は最近出来たばかりのラグジュアリーなホテルである。

「導線はバックヤードに確保しました。また念のため、近くのビルには全て警備を入れてあります。アメリカの民間軍事会社の警備なので心配ないかと」

脇が説明しているところへ、女性係員がやってきた。

「脇先生⁉　ごぶさたしてます」

脇は一瞬ぎくっとして振り返り、あ、と気づいて、いつもの笑顔になった。

「金子《かねこ》さん。お元気にされてますか」

「おかげさまで。これ、五木谷代議士のパーティーの見取り図ですけど、どなたに」

「あ、ぼくが預かります。ありがとう」

脇の知り合いらしきその女性係員は、会釈をして去って行った。

「こちらが見取り図。こちらが、明日の招待客リストです。予定では111名」

渡された資料のコピーに目を通しながら、瀬文は脇に尋ねた。

「失礼ですが、この中に五木谷代議士に恨みを抱いているような人物は？」

「まさか。あ、いや、ある意味、出る杭《くい》は打たれますから、その辺は……」

脇が考え込んでいると、当麻がするすると寄ってきた。

「ちなみに冷泉さんの予言では、毒殺される、ということなんです」

「毒殺？」

「凄《すご》いヒントですよね。タダで聞いちゃいました。ククク……」

「となると、飲み物と食べ物に、入念なチェックが必要ですね」

「はい。担当のシェフは……」

「それは長年懇意にしているホテルのシェフなんで、心配はありません。ただ、もしも万が一、に備えて、毒物混入を検知できるような対策は何かありますか」

「ガスクロマトグラフィーという分析装置があります。係長に手配してもらいます」

当麻がキビキビと答える。

「お願いします」

「当日、五木谷さんの口に入るものは全てそれでチェックしますから、これで一安心ですね」

「ありがたいです」

黙って二人の会話を聞いていた瀬文が、急に口を挟んだ。

「当麻。インチキな予言に惑わされるな。毒殺という言葉に振り回されると、警備の本質を見失うぞ」

「え？」

「というと？」脇も興味を引かれたようだ。

「俺が犯人なら、常に警備の逆を突く。それがテロの常道です」

「なるほど」と当麻。

そのとき、脇の携帯が鳴り始めた。

「あ、先生。申し訳ありません。今、未詳の皆さんと、警備の打ち合わせやってまして」

TV局のスタジオにいる、五木谷からである。「何だ、今日のスタイリスト。事前にチェックしたのか」

「は。ご指定のブランドでそろえさせておりますが……」

「スーツの話してるんじゃねえよ、タコ。スタイリストが何でいつものキョンちゃんじゃなくて、男なんだよって言ってんだよ」

「は。申し訳ありません」

「司会も、高島彩《たかしまあや》じゃねえじゃねえか。ちゃんとプロデューサーに言ったのかよ」

「はい。ただ高島彩さんはフジテレビの所属でTBSではキャスティングできないと言われまして」

「そこを何とかすんのがお前の仕事だろ。つかえねえな。タコ」

罵倒《ばとう》するだけすると、携帯はプチンと切られた。いつものことである。脇は黙って携帯をしまった。

電話の話に耳を澄ませていた当麻は「チ」と舌打ちした。

「五木谷さん、何やってんすか」

「今日は、TBSの『Fスタ』にコメンテーターで出演なんです」

「ふーん。会社の社長とタレント業と政治家って、いっぺんにできちゃうほど甘いもんなんですね」

「政治家は注目されなければ発言しても無視されちゃいますからね。五木谷先生は、睡眠を削って努力されてます」

「脇さんも、いずれは代議士って事ですか。さっきの方も先生っておっしゃってましたけど、ぶっちゃけまんざらでもないでしょう」

「いやいや。人前で間違えられると困りますね。秘書はあくまで裏方なので」

そろそろ日が暮れる。瀬文は、見ていた資料を閉じた。

「お忙しいところお手間とらせました。行くぞ」

脇に会釈し、当麻を連れて会場を出た。

＊

未詳に戻ると、野々村はどこかに出かけていて部屋は無人だった。

「しっかしまあ、五木谷って、敵はごまんといそうだな」

当麻は蜂蜜《はちみつ》を一本ブチ込んだコーヒーをゴクゴク飲みながら、無造作に広げた五木谷の資料に見入っている。

「…………」

瀬文は胸やけがしてきた。この女は、頭ばかりか味覚もイカれているらしい。

「東大在学中に投資顧問会社を設立。自らも派手な仕手戦を繰り拡げ、21歳の時にＩＴ会社を買収。以後15年間、36歳になる現在に至るまで32社を敵対的買収。金を右から左へ動かすだけで多額の金を稼ぎ、そのあくどいキャラクターを生かしてバラエティーやワイドショーでキワモノタレントとしてブレイク。２００９年、タレント議員として比例代表で当選。こりゃ命も狙われますなあ。招待客全員が共犯だったりして。ククク」

「いいかげんにしろ」

「は？」

「悪人だろうが政治家だろうが、人一人の命は重いんだ。ゲームじゃない」

「わかってますよ。あたしだって刑事なんだから」

「刑事をなめんな」

「チッ、なめてねーよ。てか、声大きいんだよ」

言い争っていると、野々村がお弁当の袋を提げて戻ってきた。

「やや。遅くまでオツカレーカツカレーヒレカツカレーなんつって」

「お疲れ様です」

当然、時間の浪費である笑えないダジャレはスルーする。

「これ『かど家』のキジ弁。旨《うま》いんだ、これが」

「終わりました。せっかくですが所用がありまして」

「え、もう？　当麻君は？」

「終わりました。あたしは、この後、『中部日本餃子《ギョーザ》のCBC』に所用が……」

「昼も食ったろ」

真剣に気持ち悪くなってきた。

「今日は餃子の気分なんで」

「明日も餃子臭かったら、承知しねえぞ」

瀬文が凄《すご》むと、当麻は舌打ちをして「いちいちうっせーな」と悪態をついた。

「まあまあまあ。二人とも、やっぱり優秀だね。私なんか、111人もの招待客と五木谷サイドのスタッフ全員のデータ把握しようと思ったら、何時間かかるか……じゃ、一人で頂くとするか」

野々村はおもむろに注射器を取り出し、シャツの前を開いて「ング！」と腹に針を突きたてた。

「！」

切腹する武士もかくやの凄い形相である。

「雉《きじ》も鳴かずば、撃たれまい……」

息も絶え絶えに言うと、野々村はプッと針を抜き、笑顔になった。

「なハんてね。最新の針だから、痛くも痒《かゆ》くもないんだ。赤い斑点《はんてん》がポチッと可愛く残るくらいで」

「糖尿ですか。お大事に」

つき合いきれない。瀬文はあくまで礼儀正しく部屋を出て行った。

「おつかれやまです」

当麻はキャリーバッグをガラガラ言わせながら帰って行った。

＊

予定通り、当麻は警視庁から『中部日本餃子のＣＢＣ』に直行した。

「明日も餃子の匂いさせてやる。ウマ。すいません、追加、10人前」

「財布、忘れてない?」

親父が心配するのも無理はない。すでに10人前が当麻の胃袋に収まっているのだ。

「ありますよ。カバンの中に……」

箸《はし》をくわえて、ごそごそ中を探る。

「あれ、ない」

「今度こそ、逮捕してもらうよ」

「下に落ちてるよ」

その声に振り返ると、背の高いイケメン君がにっこりした。親切にも、「ほら」とキャリーバッグの下の財布を拾ってくれる。

「……何しに来たのよ」

イケメン君の名前は、地居聖《ちいさとし》。当麻の大学時代の同級生かつ、元カレである。

「大学の研究室が終わってメシ食いに来たんだよ。すみません、餃定一つ」

注文しながら、ごく自然に当麻の隣に座る。

「フーン」

「怪我の具合はどうよ。結構長引いてんな」

「余計なお世話」

「危ないマネすんなよ」

「てか、仕事だし」

「はい。餃子10人前」

親父が大皿いっぱいの餃子を運んできて、当麻は再びガツガツ食べ始めた。

「ウマ。バカウマ」

「なあ。俺たちやり直さない」

「やだ。ウザい。しつこい」

「そ」

いつもの事らしく、地居は落胆した様子もなく、当麻の餃子を横からひょいとつまんだ。

「あ、食うなよ」

そのとき、カウンターの上に置いてあった当麻の携帯がピピピ……と鳴り始めた。

「仕事?」

「予言の時間」

9時ぴったりに、当麻はカバンから封筒を取り出して予言の書を開けた。

『運命の人と再会。餃子をガツガツ食べて吉』

「…………」

「当たった？」

地居が首を伸ばして覗《のぞ》き込もうとする。

「全然。100％ハズレ」

見られる前に、当麻はくしゃっと予言の書を丸めた。

＊

その頃、瀬文は警察病院にいた。病室には植物状態の志村が横たわっており、妹の美鈴《みれい》が、兄のベッドにもたれかかって眠っていた。

「…………」

そっと近づくと、突然、警告音が鳴り始めた。まるで瀬文が来るのを待っていたかのようだ。

「志村!!」

思わず叫ぶと、ぱっと美鈴が目を覚ました。

「どしたの。お兄ちゃん」

声をかけると同時に、すぐそばに立っている瀬文に気づいた。

「瀬文さん……」

バタバタと足音がして、医師の海野亮太《うんのりょうた》が「どうしました」と飛び込んできた。瀬文より一つ年下のドクターである。

海野はベッドに駆け寄り、志村の状態を調べながら、険しい声で言った。

「瀬文君、出てってくれないか」

「………」

「不整脈を起こしている。志村さんは、君の事を怖がってるのかも知れない」

「意識があるんですか」

「植物状態の患者だって何かを感じるんだよ」

「失礼しました。美鈴ちゃん、これ。少ないけど」

瀬文は、金の入った封筒を美鈴に差し出した。

「お金なんていりません。それより、自分の罪を認めて下さい」

瀬文は黙って部屋の隅に封筒を置き、一礼して退出した。

廊下を歩いていると、背中に何かがぶつかって落ちた。瀬文が持ってきた見舞いの封筒だ。振り返ると、急いで追ってきたらしい美鈴がいた。

「卑怯者《ひきょう》。全部兄のせいにして」

ぐっと瀬文をにらみつけ、くるりと背中を向けて去っていく。が、何と言われようと、真実は一つしかない。瀬文は黙って足元の封筒を拾い上げた。

＊

深夜、留置場にいるはずの冷泉は、眠っているところを叩《たた》き起こされ、ボックスカーの最後部に乗っていた。

「こんな時間に、どこへ？」

冷泉の前の席に座っているのは、公安部長の津田助広である。

「霊能者なんだから占ってみろよ」

そう言ってレモンを1個、冷泉に放って寄こす。冷泉は目を閉じて、レモンを丸かじりした。

「ラミパスラミパスルルルルル」

呪文を唱えたあと、ハッとして目を開ける。

「俺を殺す気か」

「だったらどうする」

津田はさわやかに笑った。

＊

野々村は雅ちゃんに呼び出され、若者たちでいっぱいのカフェにいた。明らかに浮きまくっている。というか、どこから見ても援助交際にしか見えない。

「いやあ。就職したって聞いてたけど、まさか、警視庁とはね」

「で、いつになったら結婚するの？　私たち」

「いや。だから、離婚がすすまなくて……ハハハ」

「ハハハじゃねーから」

野々村はビクビクしながら、チューとシェイクをすすった。

＊

パーティー当日、瀬文は朝早くから狙撃対策に動き回っていた。

どんな小さな異変も見逃さないよう、神経をいつも以上に研ぎ澄ませていると、突然、
バン！　と銃声のような音がした。

「！」

すでに手は銃をつかんでいる。素早く音の出所に目を走らせると、何のことはない、当麻のキャリーバッグが倒れた音だ。

あの女――。瀬文は頭から湯気を出しながら、銃口を当麻の眉間《みけん》につきつけた。

「ひゃ！」

「俺の仕事の邪魔したら、容赦なく撃つぞ」

「瀬文さんに用はないんすよ。トイレが見つからなくて」

「どんだけ方向音痴だよ、このトンマ！」

会場に響き渡る大声で怒鳴りつけられ、当麻は瀬文の指差す方へオロオロしながら駆けて行った。

＊

豪華な料理が、厨房《ちゅうぼう》からパーティー会場へ順調に運び込まれていく。

周辺のあちこちのビルでは海外から呼び寄せた警備のプロフェッショナルが目を光らせており、当の五木谷も、屈強な外国人ボディーガードに警護されるという、万全の態勢をとっている。

さらに野々村たちが検知器を毒味用控室に持ち込み、技師を同行していた。

「これが、ガガガ……ガ、ガスクロマトグラフィーでして、万が一、五木谷さんが何かを口にされるときは、これで確認して頂ければ、安全です」

野々村は、この検知器の名前を噛《か》まずに言えたことがない。

「ありがとうございます」脇が礼を言った。

「ふむ。これで冷泉の予言は回避されそうだな」

五木谷も満足そうだ。ここで終わればよかったものを、当麻がよけいな口を挟んだ。

「どうですかね。あの予言の能力は本物みたいですからね」

「というと、あの予言……」

野々村がハッとして当麻を見る。

「当たってたんです。怖いくらいに」

「マジ？」

「瀬文さんは予言を破棄してしまったので何とも言えませんが、とにかく、あたしのは」

大当たり、というようにうなずく。

「だから当たると言ってるんですよ。それを2億も払えだなんて。元々無職でフラフラしてたあいつを有名にしてやったのは、この私ですよ。それを、昨夜は何度も電話したのに、電話にも出ないんですよ」

文句たらたらの五木谷に、野々村が口ごもりつつ言った。

「あのう、今、警察で身柄を拘束しているんです」

「何だと‼　俺に断りもなく」

「ひー」

「冷泉があなたを殺す可能性もあります。なので念のため」

瀬文が補足すると、五木谷はコロッと態度を変えた。

「なるほど、さすがだ」

「心当たりあるんですか」

五木谷があまりに素直なので当麻が聞いてみると、

「近頃、細かいことまで俺に指図するようになって、ムカついていたんですよ。旅行一つ行くにも、今は時期が悪いだの何だの。どこまで人の人生をコントロールする気か、って、信者の前で怒鳴ってやったこともありましたからね」

「先生、ともかくご安心を。料理も酒も事前にチェックしたものばかりですし、何かあれば、この……」

脇が検知器の方を見ると、野々村が続けた。

「ガガガ……ガ、ガスクロマトグラフィーです。毒物は見逃しません」

五木谷はうなずいて、恩着せがましく言った。

「警視総監には、私からもよろしく言っておきましょう」

「よろしくお願いします」

そのとき、係員が開場を知らせてきた。


続々と到着する招待客にウエルカムシャンパンが配られ、オードブルが供されていく。

「お忙しいところ、ありがとうございます」

会場の入り口では、脇が丁寧に客を迎えていた。

「いやあ、君がぜひにと言うから。五木谷君は、君で持ってるようなもんだからな」

「とんでもございません」

謙虚に頭を下げ、一区切りついたところで、脇は五木谷の様子を窺《うかが》いに行った。

「大丈夫ですか？」

「当たり前だ。まさか、予言が当たるとは思ってねえよ。ただ、この中の誰かが俺の邪魔をしようとしていることは、確かだろうな」

五木谷は、そんな目で客たちを見ているのだ。

「管《くだ》幹事長、入場しました」

瀬文が襟につけたマイクで報告すると、イヤホンをつけた警備陣に緊張が走った。今日の招待客の中で、一番の大物である。

「予定通りか」

会場を回っていた野々村は、時計を確認して言った。滞在時間は20分。管幹事長には分刻みのスケジュールで、滞りなく会場を去ってもらわねばならない。

「ところが、予定外の手土産が」

「ええ？」

入り口を見ると、五木谷と脇がそろって管幹事長を出迎えている。

「幹事長、お忙しいところをありがとうございます」

「次の選挙には、ぜひとも五木谷君に議席を確保して貰《もら》いたくてね。縁起ものの勝ち酒だ」

幹事長秘書の上野《うえの》たちが「御勝岳」と書いてある樽酒《たるざけ》を運んできた。

「！」

瀬文の言った、予定外の手土産だ。五木谷と脇の困惑が見てとれる。

「そ、それは、ちょっと、マズイな……」

当麻が思わず呟《つぶや》いたとき、野々村が、ガスクロマトグラフィーの技師を連れてすっ飛んできた。

「しばらく、しばらく、お待ちを。私、警視庁公安部公安第五課未詳事件特別対策係の野々村と申します。そのお酒、調べさせて頂いても……」

「何？」

管幹事長の顔色が変わった。周囲の客たちもざわめいている。

「お耳拝借」

野々村が耳打ちすると、温厚で知られる幹事長が怒気をあらわにして怒鳴った。

「君は、私の故郷の酒に毒が入っているとでも言うのか。バカバカしい。私が毒味する！」

そう言うと、勢い良く杯を持ち上げた。何かあったら、それこそ日本中を巻き込む一大事である。

「いえ、私が……」

脇が慌てて管幹事長の手から杯を受け取った。

「さすが秘書の鑑《かがみ》」

当麻が感心して見ていると、脇に周囲の賞賛が集まる一方で、野々村にチラ、チラと非難の目が向けられている。

「……いや、不肖・野々村が、頂戴《ちょうだい》致します」

野々村は弱々しく言って、脇から杯を受け取った。

「ほ、ほんとに、いいんですか？」

老い先短いとはいえ、当麻にとっては上司である。

「君にそう言われると、何だけど……これも、未詳の仕事だから」

当麻は手を合わせて野々村を拝んだ。その間も、瀬文は周囲に警戒の目を光らせている。

野々村が手にした杯の中に、雅ちゃんの顔が浮かぶ。昔のセーラー服も食べちゃいたいくらい可愛かったけど、警察官の制服姿も、可愛かった……。

「雅ちゃん……」

断ち切るように、グイ、と一気に杯を飲み干す。

「……う！」

「！」

会場中の人間が固唾《かたず》を呑《の》んで見守る中、野々村が呻《うめ》くように言った。

極上の大吟醸だ。

「……うまい！　あの、お代わりを……」

「死ぬかと思った……」

当麻はホッと息をついた。

場の緊張が解け、上野秘書や脇たちが、あちこちで勝ち酒を注ぎ始めた。その間、瀬文たち未詳の面々が鋭く視線を走らせる。

皆に酒が行き渡ると、管幹事長が壇上に立った。

「それでは、我が党の未来を担う、五木谷君の今後の活躍を祈願致しまして、乾杯！」

「乾杯！」

五木谷と管幹事長が上機嫌で杯を飲み干し、客も皆、勝ち酒に口をつけた。盛大な拍手が湧く。

次の瞬間、異変は起こった。


「！」

壇上の五木谷が突然、苦悶《くもん》の表情を浮かべて倒れ、
会場が一瞬固まり、
誰かのキャーーッという悲鳴が上がる。
鬼の形相で胸をかきむしったかと思うと、一瞬の間に五木谷は絶命した。
「先生！」
五木谷のすぐ後ろに控えていた脇が、真っ青な顔で体に取りすがった。

「よ、予言が当たった」当麻の驚くまいことか。

「当たっちゃった……」心臓が痛いんだか胃が痛いんだか、野々村は胸を押さえて呆然《ぼうぜん》と突っ立っている。

瀬文だけはすぐ我に返った。

「救急車！」

その後の行動はさすがに速かった。係員に大声で命じると、今度は右往左往している外国人部隊に英語で怒鳴る。

「俺の指示に従え！」

そうこうする間に、遠巻きに見ていた人々が、徐々に五木谷の周りに群がってきた。

「そのまま！　動かないで下さい！　現状保持の為、会場を封鎖します！　皆さん、我々の指示に従って下さい」

ＳＩＴ時代に培った統率力で、瀬文は正攻法の捜査を仕切り始めた。いつの間にか、他の警備陣も瀬文をリーダーと仰いでいる。

「係長、捜査一課に連絡を。全員の事情聴取と所持品検査！」

「ハイ」野々村が慌てて携帯を取り出す。

当麻は、五木谷の遺体のそばにいた。皆が同じ酒に口をつけたはず。毒を混入する隙はない。

「……なぜ……？」

考えても考えても、真相は見えてこない。

＊

捜査一課の面々が到着し、鑑識による現場検証と、所持品検査・事情聴取が始まった。会場の床や壁が、徹底的に調べ上げられていく。

「君がいながら、こんなことになるとはな」

瀬文から事件のあらましを聞いた捜査一課係長の鹿浜《しかはま》は、渋面に皮肉を混ぜて言った。

「申し訳ありません」

「まあ、未詳だから仕方ねえか。あとは我々がやる。手伝いは構わんが、くれぐれも邪魔せんように」

そこへ、管理官の馬場が現れた。野々村を見るなり、「御苦労様です」と嫌みたっぷりに敬礼する。

「これは、馬場管理官。いや、何とも面目ない」

野々村は頭を掻《か》いた。息子ほどの年齢でも、相手はエリート管理官である。

「やれやれって感じっすよ」

馬場を自ら迎えながら、鹿浜が聞こえよがしに言った。腰ぎんちゃくの若手刑事・猪俣《いのまた》が「鹿浜さん」と諫《いさ》めるフリで薄笑いしている。

瀬文は吐き気がした。どいつもこいつも、人を見下すのが好きな連中だ。

「事件の概要は聴きました」

馬場が言うと、野々村は何を思ったか、意気揚々と胸を張った。

「まあ、冷泉という霊能者の予言通りの毒殺事件が起きてしまったわけですが、僭越《せんえつ》ながら、私は犯人、わかっちゃいました」

野々村の推理はこうだ。

「あのとき、五木谷氏の杯に勝ち酒を注ぎ、手渡したのは、幹事長の秘書・上野氏です。従って、上野氏が勝ち酒を注ぐとき、服の袖口《そでぐち》から毒をたらして、入れた……」

口調も仕草も、妙に芝居がかっている。

「は」「ん」「に」「ん」「は」「お前だ!!」

野々村はビシッと上野秘書を指した。

「何ですって?」

「多少のマジックの心得があれば、可能なはずです。袖口にスポイトのようなものを隠し持っているはず!!」

「なるほど、さすがゴリさん」

鹿浜の合図で捜査一課の刑事たちがいっせいに上野秘書を取り囲み、全身を隈《くま》なく探し始めた。

「なものあるわけがない。第一、何で私が五木谷さんを殺さなきゃならないんだ。バカバカしい。そんなことより、幹事長は次の会合に出る約束があるんですよ！」

「逃げるつもりか!! そうは問屋がおろさねーぞ」

ますます調子づいて、野々村は大見得を切った。


「何も見つかりませんね」

馬場が言った。容疑者扱いされた上野秘書は、ぶすっとして黙り込んでいる。

「スポイトではなく袖口にそもそも浸しておいた毒物をチューーと絞り出し……」

野々村がしつこく推理を展開していると、馬場の携帯が鳴った。電話に出たエリート管理官の顔色が、みるみる変わっていく。

携帯を切ると、馬場は管幹事長と上野秘書の前に行き、神妙に頭を下げた。

「……大変申し訳ありません。五木谷さんの死因は、ただの心臓麻痺《まひ》とわかりました」

「え……！」

「幹事長、ご協力ありがとうございました。貴重なお時間を頂き、申し訳ありませんでした」

「殺人じゃなかったんですか？」

上野秘書が声を上げると、客たちにどよめきが走った。言うまでもなく、一番驚いたのは野々村であろう。

「申し訳ありませんでした」

小さくなっている野々村を、上野秘書がねめつけた。

「謝ってすむ話か。クビを洗って待ってろよ。退職金は、ねーからよ」

「はー」芝居っ気が抜けないのか、野々村はその場にひれ伏した。

「…………」

意外な形で事件は終わった。いや、事件ですらない。瀬文と当麻は、言葉もなかった。

＊

騒ぎが一段落すると、瀬文たちは脇に謝罪するため、五木谷がチェックインしていた一泊ン十万のスイートルームに足を踏み入れた。

「一応、部屋にいた人全員の所持品と部屋中を徹底的に調べたのですが、何も見つかりませんでした」

「そうですか」

「鑑定医も心臓麻痺で亡くなったという結論を正式に出しました。お力になれず申し訳ありません」

「いえ。先生も疲れがたまってたんでしょう。反省すべきは私です」

瀬文に続き、とんだフライングで事を大きくしてしまった野々村が平身低頭した。

「挙句、管幹事長の勝ち酒を疑ったり、幹事長秘書の上野さんを疑ったり、本当に申し訳ありませんでした」

「いえ。職務に忠実なあまりなさったことですから。お気になさらず。僕の方からも謝っておきますから」

「おそれいります」

「しかし、冷泉さんの占いには、振り回されましたね」

それもこれも、当麻がよけいなことを言ったせいだ。

「当麻」瀬文が目で「謝れ」と命令する。

「……申し訳、ありませんでした」

「いえ。それで、冷泉さんは？」

脇の質問には、野々村が答えた。

「公安部の上の方が直々に取調べる事があったようで、ちょっと連絡つきませんが……。まあ、インチキな予言で2億も脅しとろうとした点において恐喝罪の成立が見込まれますな」

「五木谷も、あの予言のせいで、心臓に負担がかかったのではないかと思うんです。何卒《なにとぞ》、処分の方よろしくお願いします」

「御意」

「わかりました」

「チッ」ここで当麻が舌打ちしなければ、話は終わるはずだった。瀬文が聞きとがめる。

「何だ？　その舌打ち」

「冷泉さんは、今まで、ずっと予言を当ててきたんですよね」

「……ええ。まあ」と脇。

「あたし、冷泉さんの能力はやっぱり本物なんじゃないかって思うんです。だって、たまたま当たるもんじゃないですよ。予言って」

「……だから何なんです」

「もう一度冷泉さんに会ったら、なぜ2億ふっかけようと思ったのか、聞いてみようと思うんです」

「金が欲しかったんでしょう」

「そう。お金が欲しかったんでしょう。間違いない。でも、五木谷さんが殺されてしまったら元も子もないはずっすよね。じゃあ、値下げすればよかったのに、って思うんですよ」

「何が気になってるのか、よくわかりません」

当麻のしつこさに辟易《へきえき》したのか、次第に脇の声が尖《とが》ってくる。

「値下げしなかった理由は、ただひとつ。五木谷さんが死んでも、2億、誰かからひっぱれると確信してたんですよ」

「誰からですか？」

「やだなあ。五木谷さんを殺した犯人でしょ。ジョーシキ」

「……わけがわかりませんね」

「チ」めんどくせー。短い舌打ちをして、当麻は言った。

「冷泉さんの能力が本当だとすれば……ですよ」

「…………」

「冷泉さんは、五木谷さんが殺される事を予知した……」

当麻のイメージはこうだ。

レモンをガリガリかじり、例の呪文を唱えると——、

「ええーっ」

冷泉には驚くべき未来が見えた。すぐに五木谷と脇が、部屋に呼ばれる。

「俺の予言を知りたくば2億出せ。でないとあなたは殺される」

「うーん。2億。それは払えねーだろ。なあ脇」

「そうですねぇ」

「負けてよ。つーか、タダで教えてよ」

「あなたの命がかかってるんですよ。安いもんでしょ」

二人が帰ったあと、冷泉の秘書が言う。

「いくら何でもボリすぎじゃないですか。五木谷さんが死んだら元も子もないですよ」

「五木谷が死んでも、2億払う奴がいる。口止め料としてな」

「まさか、犯人？」

計算高い笑みを浮かべて、冷泉がうなずく。

その数日後、瀬文に拉致《らち》られることも予期していた。

「……すべては私の想定内」

その目には、苦悶《くもん》の表情を浮かべて息絶える五木谷の姿も見えていたはずだ。

「そして五木谷氏はパーティーで必ず毒殺される」

――以上が、当麻の考えた筋書きである。

「そして、今も黙秘している。2億を真犯人から脅しとろうって狙ってるんすよ」

脇はじっと当麻を見つめ、

「そしたら、私は3億払って、その真犯人を教えてもらいますよ。五木谷先生の敵は何としてでもとらないと」

「是非お願いします」

互いに含みおいた笑顔を交わす。二人の間で戦いのゴングがガンガン鳴った。

「いつまでグダグダ言ってんだ。死因は心臓麻痺。捜査は終了。いいか、あれだけ捜査して、毒物は1mgも出てこなかったんだ。現場からも、五木谷の体内からも」

忍耐の限界に達した瀬文は、脇に「失礼します」と会釈して、キャリーバッグ付き当麻を引きずって部屋を出て行く。

「ちょっと触らないでよ」

当麻が小型犬のようにキャンキャン吠えている。

「すみません。お見苦しいところを……」

野々村はペコリと頭を下げ、二人の後を追った。

＊

「うーん」

未詳のデスクに座って悩んでいた当麻は、キャリーバッグから習字道具を取り出した。

「何やってんだよ」

いちいち意味不明な女である。当麻は瀬文を無視し、黙って墨をすり始めた。

「全く、いいかげんな事、言いやがって」

「あー気が散る。ホント声が大きいんだけど」

当麻はサラサラと筆を走らせた。


『毒殺』

と半紙に大書する。


『ガスクロマトグラフィー』

『心臓麻』

まで書いて、一瞬、筆が止まる。

「…………」

再び筆を走らせる。

『心臓麻ひ』

「書けないなら書くな」

傍らで見ていた瀬文がつっこんだ。

『脇先生』

『レモン』

『2億円』

『注射器』

当麻はそれらの書をガッとひとつかみにし、ビリビリに破いて上に放った。紙吹雪がハラハラと落ちてくる中に、凜《りん》として立つ。

紙片の文字が量子力学理論上の電子のように多重に重なる。

やがて波動関数上の解を導き出すように、真実が徐々に形作られていく。

アルファベットの渦、渦、渦――。

なぜか元素周期表が当麻の目に認識された瞬間、閃《ひらめ》きが走った。

「いただきました‼」

＊

『中部日本餃子《ギョーザ》のＣＢＣ』の親父は震撼《しんかん》した。

「あの変な女が言った通りだ……」

完成した巨大餃子のジグソーパズルは、すみっこに１ピース分の穴が空いていた。

＊

スイートルームのテレビに、五木谷急死のニュースが流れている。

脇がソファに座って大画面に映る五木谷の映像を眺めていると、携帯が鳴った。

「はい、脇です……」

「上野です。脇さん、幹事長から補欠選挙に出馬して欲しいとの要請が。正式には、葬儀の後になると思いますが」

議員会館からだろうか、上野秘書は声を潜めている。

「私に、ですか？」

「正直なところ、五木谷さんは、人気があまりありませんでしたが、脇さんの人柄は皆知っています。あなたなら、大丈夫、勝てますよ」

「そんな、急なお話で……」

「準備は我々も協力します。では」

電話は切れた。

「………」

ややあって、脇はリモコンでテレビを消して立ち上がった。そして、カバンの中からある物を取り出し、それを持って、部屋を出た。

＊

深夜のパーティー会場はひっそりとしていた。人影はない。念のために周囲を見渡した脇は、飛び上がりそうになった。

「どうしたんですか」

手前の壁に、当麻がもたれて座っている。

「もうすぐ、ここに犯人がやってくるはずなので待ってたんですよ」

当麻は腰を上げ、にやりとした。

「犯人⁉　まだ、そんな事言ってるんですか。五木谷先生は心臓麻痺《まひ》です。いいかげんにして下さい」

「いやいや、毒殺です。ガチで毒殺です」

「だって、毒は見つからなかったんですよね。会場からも、五木谷先生の体の中からも」

「毒物は見つからなかったんすけど……カリウムって知ってます？　人間の体の中には必ず含まれている成分なんですけどぉ、一気に多量に投与されると心臓麻痺を起こして死んじゃうんです」

「投与⁉　じゃあ管幹事長の勝ち酒に入っていたとでも？」

「チッ。脇さん。あなた、私たちを見事に罠《わな》にはめましたねぇ」

「罠？　人聞きのわるい」

「これ以上言わせますか。なら言いましょう。覚えてますか。ここで打ち合わせした時のこと」

冷泉の予言が毒殺であることを当麻が告げたとき、脇は言った。

『となると、飲み物と食べ物に、入念なチェックが必要ですね』

その言葉こそが、罠だったのだ。

「チッ。マヌケだよなぁ。毒殺って食べ物か飲み物だって、まんまと思わされてしまったんだもん。脇さんにさ」

「どういう意味ですか？」

「どうしても聞きたいんですねぇ。仕方ない。だって毒殺って言ったら、食べ物だけじゃないすもんね。ハチとかサソリとか蛇とか……。今回は注射でしたけどね」

「注射!? 待って下さい。あのパーティーの真最中に、僕が五木谷先生に注射を打ったってことですか？ 五木谷先生にもパーティーの誰にも気づかれずに？ ありえない」

「マジシャンは、すごい数のお客相手に堂々とトリックをかましてますよ。お客の目を別のところに引きつけたりして」

「…………」

「あのパーティーでも、全員がある一点を注目していた瞬間があったじゃないすか」

野々村が、脇から受け取った杯を飲み干したときだ。会場中の人間の目が、野々村に集中していた。「ちなみに」と、当麻は針のついた注射器を取り出した。

「これ、野々村係長の使っている糖尿病患者用の注射器なんですが、この針すごくないすか。髪の毛より細い注射針で、素人が打っても痛みを殆《ほとん》ど感じないスグレものなんすよ」

「…………」

「念のため、さっき五木谷さんの遺体を調べ直してもらったら、太もも内側に赤い斑点《はんてん》のようなものが見つかったんですよ。そこからカリウムを打たれたようなんすよね。まだ聞きたいですか？」

「……面白い推理ですが、素人の僕にそんな真似はできませんよ。カリウムだの注射器だの、いいかげんにして下さい」

「すっとぼけないで下さいよ、脇先生。てかあなた政治家狙うより前に既に先生だったんですよねぇ」

パーティーの下見中に女性係員から「脇先生」と呼ばれたことを、よもや忘れたとは言わせない。

「あれ単なる言い間違いか、お世辞かと思ってたんですけど……」

「言い間違いでしょう」

「脇さん、あなた以前、お医者さんとか医学生やられてませんでしたか？　その時、先生って呼ばれてたんじゃないですかねぇ。つまり、つまりですよ、あの女性はその時の患者さんだったんじゃないですか」

いきなり脇が笑い出した。

「調べりゃわかることでしょ。てか調べてんでしょ。やだよなあ。こういう芝居がかったトリック解説」

「一度やってみたかったんですよぉ。ククク。すみません。確かに調べちゃってます」

当麻は、脇の履歴書を出して見せた。

「じゃあ、芝居がかった反論もちょっとやってみましょう。しかし、その推理には重大な欠点がある。僕が使ったはずの注射器ってのは、どこにあるんですか？」

誠実な秘書の仮面を脱ぎ捨てる気になったらしく、脇はすっかり居直っている。

「この部屋中、探したんでしょ？　でも注射器どころか、毒もカリウムも見つかってない」

「そうなんです。ドサクサにまぎれて、どこかに捨てられてしまっちゃったら、終わりですもんね」

「ええ」

「でも、もしこの部屋に残してあったら、真犯人は必ずこの部屋に戻ってくるって、あたし思ってました。だってこの部屋に隠してある注射器を始末して完全犯罪を成し遂げちゃったら、この後、冷泉さんが2億欲しさにあなたを脅したとしても、2億払わなくてもすみますからね」

「…………」

「脇さんがここに来たってことは、やっぱりこの部屋にまだ証拠が残ってるんですねぇ。ククク」

「私はたまたま、ここに来ただけですよ。バカバカしい話につきあってられません。失礼します」

きびすを返そうとした脇の前に、当麻が立ちはだかった。

「あなたの指紋つきの注射器、この部屋のどこに隠してあるか、当てましょうか。聞きたい？　聞きたい？」

言いたいのだ。

「私たちが唯一探していない場所……すなわち……このパーティー会場の……」

と、人差し指で上を指差す。

「天井!!」

何を言われても脇は眉《まゆ》一つ動かさない。さすが、百戦錬磨の代議士秘書である。

「そのために、あなたはわざわざ天井の高いこの部屋を選んだんです。他にもっと広い部屋が空いていたにもかかわらず、わざわざね」

すると、脇がまた笑い出した。

「そりゃ、部屋を選んだのは、私ですけどね。あんなところに、どうやって？」

「投げて突き刺したんです。ダーツみたいな感じで……」

「あんな高い所に？」

「すごい身体能力ですよね」

「バカな」苦笑する脇に、

「いや本当に刺さってます、注射器。見ます？」と、当麻はカバンに入れてあった双眼鏡を差し出した。

「回収するのはちょっとたいへんだな。でも、回収したら多分、あなたの指紋が検出されます。あの時あなた手袋してませんでしたもんね」

「………」

「人間の脳は10%しか使われてないんですって。残り90%にどんなSPEC《スペック》が秘められているか、まだわかってないんですよ。脇さんのSPECすごいじゃないですか。ねえっ」

「………」

「私たち人間は、まだまだいろんな可能性を秘めてるってことです。今の我々にとってありえない、ムリムリ〜って言われてるような能力が、明日には我々の誰かに突然目覚めているかもしれない。それが人類の未来を切り拓《ひら》くかもしれない」

脇がずっと黙っているので、つい話に熱が入る。

「不可能を可能にするSPECが、私たちの中に秘められている。全ての人間に、無限の才能があるんです。まあ、残念ながら、あなたの肉体に宿った素晴らしいSPECは、こんな陳腐な殺人事件に使われてしまいましたが」

脇は何も言わずに、部屋から持ってきたものを取り出した。

透明なケースに入った3個のテニスボールである。スナップを利かせて上に投げつけると、ボールが信じられないスピードで天井に突き刺さった注射器を叩《たた》き割った。

「！　実際に見るとヤバいですね」

「これで証拠はなくなったな」

「ごめんなさい。あたし、また、お芝居打っちゃいました。ククク……瀬文さん」

瀬文は積み重ねたテーブルの裏に隠れてビデオカメラを回している……はずなのに、フロアはシーンとしている。

「瀬文さん‼」

当麻が見に行くと、瀬文は居眠りをこいている。

「寝てんじゃねーよ」

舌打ちして瀬文を起こす。

「長いよ。ブス」

「ブスじゃねぇよ」

瀬文は、脇の前に姿を現した。

「これ、あなたの指紋つき注射器、ちゃんと回収しときました。天井にくっつけてある奴はニセモノです。ちなみに……カメラも回ってるんで、さっきの投球の証拠も残してあります」

次の瞬間、脇がケースからもう一個のテニスボールを出し、瀬文に投げつけた。瀬文が反射的にビデオカメラと注射器をかばうと、ボールが左腕を直撃し、嫌な音を立てた。

「グッ」

「瀬文さん‼」

「てて。たぶん折れたじゃねぇかよ。この野郎」

「当麻さん、瀬文さん。悪いが、あんたたちにも死んでもらう」

脇がゾッとするような冷たい声で言った。

「断る」

「あたしも、遠慮します」

「我々の存在に気付いてしまった以上、仕方ない」

「我々？」当麻は思わず周りを見回した。

「当麻さんのおっしゃる通り、人は進化を遂げ続けている。進化した我々は、とにかくこの世界を修正していかなくてはならないんですよ。政治、経済、教育、モラル。今、手をつけないと間に合わないんです。今時、タレントや親父の七光りで当選した二世議員たちにこの世界を任せてる場合じゃないんですよ」

ブンと音がして、あっと叫ぶ間もなく当麻のこめかみにテニスボールがぶつかった。

「グ」

華奢《きゃしゃ》な体が衝撃で吹っ飛ぶ。当麻はそのまま意識を失った。

「この野郎」

右手で銃を抜こうとしたときだ。脇の体が瀬文の肉体をすり抜けるように移動し、銃を奪っていった。

「……化物め」瀬文は歯ぎしりした。

「むしろ神に近いとか、言ってくんない？」

「言ってろ。この野郎」

何とか盾になろうと、脇と当麻の間に立ち塞《ふさ》がる。

「日本のために君らも死んでくれ」

脇が引き金を引いた。

タム。

タム。

タム。

タム。

タム。

5発の銃弾が一列に連なり、空気の層をゼリーのように貫いて、瀬文と当麻の方へ飛んでいく。

「!!」

そのとき。

時間が静止した。脇も、瀬文も、当麻も、空気さえも動きを止めている。

そんな中――。

「せっかく俺たちに近づいてきた奴等が現れたのに、何、勝手な事すんだよ」

いつの間にか、美しい少年が座っていた。名前を一十一《にのまえじゆういち》という。

静止した時間の場を、その少年だけが自在に動き回っている。

少年は当麻の顔を覗《のぞ》き込み、ほつれた髪を直すと、脇に向き直った。

「お前が死ね」

冷たく言い放ち、パチンと指を鳴らした瞬間――。

「!!」

唐突に時間が動き出し、瀬文の目の前で、脇の肉体に弾がビシ、ビシ、ビシと撃ち込まれた。

「バカな……なぜ」

脇が呻《うめ》きながらぐわりと膝《ひざ》をつき、ゆっくりと倒れて、頭が床に叩きつけられる。

「あの時と……」

瀬文は、まざまざと思い出していた。

志村の撃った弾が、志村の肉体を貫いていった光景を。

「――一緒だ」

＊

タバコの火が点《つ》き、真っ暗な部屋の中に津田の顔が浮かび上がる。

「取り引きだ。俺はお前の生命を守る。お前は約束を守れ」

身じろぎもせずにいた冷泉が、小さくうなずいた。

＊

志村は眠り続けていた。額に汗が浮かんでいる。拭《ふ》いてやろうと美鈴の手が志村に触れたその瞬間、脳内にいろいろなヴィジョンが飛び込んできた。

――怖い！　恐怖のあまり、美鈴は思わずベッドから飛び退いた。

「今の、何？」

*

当麻は気を失ったまま動かない。
瀬文も動けずにいる。
倒れた脇の肉体から血が床に広がり、やがて世界を覆いつくしていった——。

2

瀬文焚流は、再び聴聞委員会の証言台に立っていた。

相変わらず真冬の湖面の如き冷静さで、眉《まゆ》一つ動かさない。

前回の、志村の事件のときと違うのは、左腕を三角巾《さんかくきん》で吊《つ》るしていることくらいだ。

「VTRの証拠にもありますように……」

あの日、瀬文が撮影したビデオには、驚くべき映像がはっきりと残されていた。

「容疑者脇智宏は、異常な身体能力の持ち主でした。自分は発砲せざるを得ないと判断し……」

「容疑者脇智宏を射殺した」

「いえ。自分は一瞬にして銃を奪われ……その銃で撃たれました」

「いい加減にしろ!!」

同じセリフで怒鳴られるのは、もうこれで何度目だろうか。

怒り心頭の聴聞委員たちから、非難の声が怒濤《どとう》のようにあがる。

「……自分は事実だけを述べております」

瀬文もまた、同じセリフを淡々と答える。事実は、それしかないのだから。

蜂の巣をつついたようになった聴聞委員会の中で、公安部長の津田がただ一人沈黙しているのも、前回と同じだった。

＊

瀬文が病室を訪ねると、当麻は青白い顔で横たわり、目を閉じていた。

脇のテニスボールでこめかみを直撃された当麻は、意識を失ったまま警察病院に運び込まれ、そのまま入院していた。キモい女とはいえ、手当ての跡も痛々しくさすがに哀れだ。

「まだ意識は戻らないんですか」

入ってきた看護師に尋ねる。

「え？　昼はごはん食いまくってましたけど……」

「え？」

ベッドの下に、皿とトレイが山のように積み重なっている。もちろん完食だ。

「出前もとってたみたいで……」

こいつの胃袋は宇宙空間か。「グガ」女とも思えぬイビキが聞こえる。

「………」

　こいつは人間ですらないのではないか。その顔面の中央にパンチを叩《たた》き込むと、果たして当麻は「グォ」と獣じみた声を上げて飛び起きた。

「起きろ。帰るぞ」

「は……鼻血……」

　血は、赤かった。

　仲良く左手を吊った二人が、並んで帰っていく姿が見える。

　屋上に立ってチキチキと爪を噛《か》んでいると、「海野先生……」と声がかかった。志村優作の妹、美鈴である。

「どうしました？」

　優しい笑顔で尋ねる。

「不思議なことが……」

「不思議なこと？」

「ええ」美鈴は、話したものかどうか迷っているようだ。

「お茶でもしますか」

　さらに優しい笑顔で、海野は言った。

＊

「殴ることないっしょ」

愛用のキャリーバッグをガラガラ引きずりながら、当麻は瀬文に文句を垂れた。鼻の穴にティッシュの栓が詰まった顔で言われても、瀬文は謝る気も起きない。

「お前、聴聞委員会、わざとサボったろ」

「だって意味ないじゃないすか。こんな茶番劇」

そう言いながら、当麻はレコーダーを取り出して録音を再生した。聞こえてきたのは、聴聞委員の質問にひとつひとつ誠実に答える瀬文の声だ。

「お前！　聴聞委員会、盗聴してたのか！」

「一応、気にしてあげてたんですよ」

「なんてヤツ……」

「どうせ上のヤツらは、事件をごく当たり前の事件として処理したいだけなんですよね。てか、警察が手に負える相手じゃないのに」

「お前、相手を知ってるのか」

当麻はなぜかフッと視線を逸《そ》らせた。

「瀬文さんも、もっと上手《うま》く誤魔化せばいいのに。時間の無駄ですよ」

「時間の無駄だと⁉ 人が、目の前で二人やられた。一人は死に、一人は植物状態だ」

思わず声を荒らげた。いっときも忘れたことのない、チューブにつながれ眠っている志村の姿が目の前をよぎる。

「つっても、警視庁のおエライ方は絶対信じないっしょ」

ケロリとしているのがムカつく。が、当麻の言葉が正しいことは瀬文もわかっている。

「まあな」

二人の吊られた左手が、まるで同志の証であるかのようだ。

「じゃあ、明日」

「はい」

きびすを返し、当麻に背を向けた瀬文が、不意に言った。

「無事でよかった」

「……はい」

思いがけない瀬文の言葉だった。

美鈴は海野と共に、警察病院のカウンセリングルームにいた。

「変なヴィジョンを？」

兄の汗を拭《ふ》こうとして脳内に飛び込んできた、恐ろしいさまざまな映像。その瞬間、恐怖のあまり飛び退いてしまったこと。美鈴は今も生々しい体験をしているかのように震えながら語った。

「……それ以来、兄に触れるのが、怖くて」

「どんなヴィジョンだった?」

「……私と兄の最後の会話とかです」

「ほう」

「事件のあの日、私は進学の事で兄とケンカしたんです。そのまま私は家を飛び出して……兄はそのあと、あんな事に……」

「で?」

「その時のやりとりが……、映像で私の頭ん中に飛び込んできたんです」

「それは興味深いね。事件の時の様子も見えたのかな」

美鈴はうつむき、口をつぐんでいる。海野は美鈴の顔をのぞき込んで言った。

「……人間というのは、不思議な生き物でね。ストレスや疲れで、脳の中でいろいろなことが起きる。美鈴ちゃんもお兄さんの事件があって、ずっと眠っていないようだし……。検査してみようか。休養をかねて」

どんな患者も安心させてしまう、とびきり優しい笑顔だった。

＊

「おはようございます」

翌朝、未詳に出勤してきた瀬文は、部屋に入るなり立ち止まった。

「！　朝からカツサンドかよ」

当麻のデスクに、食い荒らした空箱が高層ビルのごとく出現している。

「おはようございます」

モゴモゴ咀嚼《そしやく》している当麻に、野々村がいそいそとお茶を入れてやっている。

「いや、良かったよね、当麻君が意外に早く回復して」

なんて言われた途端にカツサンドを喉《のど》に詰まらせ「うぐうぐ」と目を白黒させて、お前は正月にモチを詰まらせるじいさんか。

「死ね。いっそ死ね」

瀬文がつぶやくと同時に野々村が「あ～あ～ハイハイ」と慌てて当麻にお茶を持っていく。

そこへ「入ります」と女性警察官の雅ちゃんが現れた。野々村が今度は雅ちゃんのもとにすっ飛んで行く。

「あ。あのね、雅ちゃん。間もなく、間もなくなのよ」

「あたし、出来たかも」悪魔の囁《ささや》き。

「え」

「公安部未詳事件特別対策係にお客様が。張り切ってどうぞ」

雅ちゃんがにっこり明るく言うのと同時に、足元まであるガウンのような、黒ずくめの衣装を着た男が入ってきた。

「大島《おおしま》と申します」

「そのかっこは？」と野々村。

「神父みたい」と当麻。

「神父です」と大島。

「……帰りたい。インチキくさい」瀬文は早々に背を向けた。

神父の大島優一《ゆういち》は46歳。目尻《めじり》のシワが柔和な印象を与える。ところが「ちょっと失礼」と携帯を取り出すや、女子高生顔負けの鬼指さばきで文字を打ち込んでいる。

大島の相手は野々村と当麻にまかせ、瀬文はいつものようにPCの前に座った。

「それで、牧師様……」

「神父です。カトリックなんで」

「あ、失礼、神父様がどんなご相談で？」

「私、ボランティアで、死刑囚の方々の話を聞く教誨師《きょうかいし》をやっております」

「死刑囚⁉」当麻の目が輝く。

「実は、桂小次郎《かつらこじろう》という死刑囚が妙なことを言いだしまして……」

例によって、瀬文は「桂小次郎」をPCで検索してみる。「足立区連続バラバラ殺人事件」「被害者は5人」「死体を風呂《ふろ》場で切り刻み、ゴミ箱へ」「死刑確定」——禍々《まがまが》しい見出しがいくつも画面を飾る。事件当時は32歳、ジェイソンさながらの殺人鬼だ。

「こりゃ死刑、二、三回食らわせて当然の極悪人ですね。今すぐ殺しましょう」

油断も隙もなく、いつの間にか当麻が瀬文の肩越しにPCをのぞき込んでいる。

「何ということを」

大島がサタンを見る目で当麻に十字を切った。あながち間違ってない。

「で、何と言いだしたんですか」

慌てて野々村が大島の注意を逸らす。

「警察に挑戦すると言うんです」

「と言いますと？」

「彼は何人もの女性を殺害し、手口の残忍さから死刑の判決を受けました。それから4年、死刑と向き合う日々の中で、ある日、自分に神の力が宿ったと言うようになったんです」

「神の力？」

大島が話し始めると、サタンいや当麻が身を乗り出した。

「ええ。千里眼です。空間を超え、時間も超えて、私には真実が見えるようになったのです」

大島が初めて拘置所で面会したときの桂と、今、大島の前で朗々と語る桂は、姿かたちは同じでもまるで別人だ。

「はあ……」

「警察が無能なあまり罪を償うことなく、青空の下、のうのうと生きている犯罪者がどれほどたくさんいることでしょうか。未だ癒《い》えぬ被害者の怒りと悲しみが天に届き、神が私に命じたのです。神に代わってこの千里眼を用い天罰を下せと」

「しかし……この国は法治国家ですよ」

「では、こういうのはどうでしょう。まずは警察に任せ、万が一、警察が無能で犯人を見つけられない場合、私が神に代わって裁きを下す……」

「そんな……」

「最後の審判でラッパを吹く、大天使・ガブリエルが、この私なんですよ」

真顔で言う桂に、大島は当惑のまなざしを向けるしかなかった。

当麻の脳裏に、タロットカードの「審判」がヒラヒラと舞う。

「ガブリエルか……。笑かしてくれるのぅ。ククク……」

「当麻君」明らかに不快そうな大島の視線に気づき、野々村がたしなめる。

「裁きを下すって、どういう意味ですか？」

瀬文が冷静に尋ねた。

「私も聞いてみました。まさか、刑務所から人を殺すわけじゃないでしょう、と」

「で？」

返ってきた桂の答えは――。

「殺すんですよ。当たり前でしょ」


「キタ～～～～!!」

俺がお前をいっぺん殺そう。瀬文は357ケシゴム弾を当麻の頭に命中させた。

「いて」

「ムリでしょ。それはムリ、ムリ、ムリ、ぜーったいムリ」

野々村が両手をぶんぶん横に振る。

「まあ……私もそう思うんですが……私も一応聞いてしまった以上、黙っているわけにもいかなくて、こうして相談にきたんです。ただ捜査一課の刑事さんには、何と言いますか、けんもほろろに扱われて、未詳に行け、と言われまして……」

「あー。それで。ま、確かにご相談は承りました。まあ、死刑囚となると、あらぬことを口走ったりすることもあるでしょう。まあ、そうご心配なさらず、今日のところはこれでお引き取りを」

「わかりました。取り合って頂けないと言うことでよろしいですか」

大島は再び携帯を取り出し、親指4倍速で何かを打ち込み始める。

「いや、まあ、宿題ということで……」

野々村がとりなそうとした瞬間、デスクの電話が鳴った。瀬文が取り、送話口を押さえながら「係長」と受話器を差し出す。

野々村が電話を替わったとたん、馬場管理官の怒鳴り声が回線を震わせた。

「バカヤロ～。野々村君。君の言動がツイッターで公開されてるぞ」

たまたま猪俣が携帯で気がつき、課長の鹿浜に注進しそれが馬場の元まで届きと、大島のつぶやきで捜査一課は軽いパニック状態だったのだ。

「はい……ええ！　わかりました」

野々村は弱り切った顔で大島に向き直る。

「あなた、ツイッターで今の私たちのやりとりをつぶやきました？」

「ええ」

「ネットで炎上してますよ。捜査一課なう……って」

瀬文がＰＣに出した画面には、捜査一課への非難が殺到している。

「捜査一課で取り合ってくれないって、ちょっとつぶやいただけで、すでに祭りになってたんですね」

「あんた、性格悪いね」

「ミショウなう。あんた性格悪いねって、またも失礼な発言」

野々村がうっかり漏らした本音を、大島がすばやくツイートなう。

「待った。待ったなう」

「ならがうっとうしい」瀬文がイラッとしてつぶやいた。

突然、野々村が居住まいを正した。

「わかりました。この勝負、受けて立ちましょう」

「お」喜ぶ当麻。野々村はいつになくヤル気だ。

「頼んだよ。当麻君、瀬文君」

と思ったら、弐係長時代を彷彿《ほうふつ》とさせるヤル気のなさだ。

「やった〜。死刑囚に負けねーぞ」

こちらは脳天気な当麻に、瀬文の肩がガクッと落ちる。

「勝負のお題は決まってるんですか？」

そわそわしながら当麻が大島に尋ねた。

「はい。捜査一課にも伝えましたが、10年前の未解決事件の……」

そこへ「失礼します」と、現れた懐かしい顔に野々村は相好を崩した。

「おう！　近藤君！　いや、失礼、近藤昭男《こんどうあきお》弐係長」

「瀬文です」こちらはピシッと敬礼する。

「お噂はかねがね。そちらは当麻さんですね？」

「はい」

ニコニコ顔の、いかにも人の良さそうなオジサンは、野々村のかつての部下らしい。

「その継続事件の資料をお持ちしました。テレ朝版じゃなくて恐縮です」

近藤が差し出したファイルを、当麻が横取りし「どれどれ……」と表紙に目を走らせる。

「ああ、あの有名な華道家の鬼門拓也《おにかどたくや》が失踪《しっそう》して、確か奥さんが殺人事件だと騒いだ……」

「はい。青山華道家死体なき殺人事件、です」

「死体なき殺人？」

瀬文は眉《まゆ》をひそめた。安っぽいサスペンス・ドラマか。

「10年前の9月11日の午後5時半頃、新進気鋭のカリスマ華道家・鬼門拓也が、青山のアトリエから妻の真理子《まりこ》に電話をかけ、その最中に銃声が聞こえ、電話が切れた。妻は、殺人事件ではないかと警察に相談……」

当麻はソファに座り、夢中でファイルを読み始めた。

「翌日、妻とお手伝いさんによって開けられた鬼門のアトリエには、何者かと争った形跡があり、確かに事件性を感じさせるものであった。しかし、死体が見つからず、結局、鬼門は失踪扱いのまま10年が経過。死刑囚の桂は、それを殺人事件と決めつけ、犯人を24時間以内に裁くと言っているわけか……。萌《も》えるな。ククク」

完全に一人の世界に入って事件萌えしている。一同は無言で当麻を見つめた。

と、当麻がハッとして天井を見上げた。

「どした？」

瀬文が尋ねると、当麻はブルッと身を震わせた。

「今、何か、視線を感じたんだけど……」

警視庁から遠く離れた拘置所で、桂小次郎はうつむいた姿勢のまま、微動だにせず畳を見つめていた。

瞬きを忘れたその目は、まるで天から下界を見下ろしているかのようだった。

*

携帯電話を片手に、柿ピーを食べながらいちょう並木を歩く男。野々村である。

「これがツイッターかあ……。また書き込んでるよ。大島さん」

「死刑反対派がみんなでブツブツ言ってんだよな」

瀬文がつぶやく。くだらない風評に振り回されるなど愚の骨頂、時間の浪費である。

瀬文の横を、キャリーバッグを引きずりながら歩く女。当麻である。

「でもさ、ツイッターってぶっちゃけ、近々、廃れそうじゃないですか？」

重いキャリーバッグが、颯爽《さっそう》と歩く瀬文の足を思いっきり踏んづけた。

「いて!!　知らねーよ」

34歳になる鬼門真理子は、憂いを含んだ儚《はかな》げな美人という、中年オヤジにはどストライクな未亡人だった。意外にも真理子は、事件現場のアトリエを見せてほしいとやってきた3人を、感激の面持ちで迎えた。

「また捜査して頂けるときが来るなんて……こう言っては語弊があるかも知れませんが、今度のことでは、死刑囚の桂さんと神父様に、本当に感謝してるんです」

「はあ」

「この日の為に、現場をそのままにしておいて本当に良かった」

「助かります。10年間も現場を保存して頂けるとは……」

「奇跡ですよね」

ワクワクしている当麻を、瀬文が鼻で笑う。

「単純に余裕があんだろ、経済的に」

腐っても港区、青山の一等地を10年も遊ばせておくとは。

「どうぞ」

真理子が鍵《かぎ》を差し込み、扉を開けた。

部屋の基調は白。棚には、花の写真や高価そうな花器が飾ってある。床に割れた花器の破片が散らばっており、その中央に血痕《けっこん》のような染みが残っている。

「確かに血の臭いがしますね」と瀬文。すかさず当麻が口走る。

「かぐわしいですなぁ」

変態女めが。すると、リーンリーンと鈴虫の声が聞こえてきた。

「お、都内なのに鈴虫がいるんですな」

野々村が耳をすますと、真理子が微笑みながら、部屋の隅にあるガラスケースを指した。

「この部屋に飼っているんです」

繁殖でもさせているのか、鈴虫がワサワサ入っている。

「ぶっちゃけ、メチャキモいすよね」

当麻にすかさず瀬文のこぶしが飛ぶ。正直な口を慎め。うっかり孵化《ふか》に成功して、毎日泣きながら里親を探すハメになった小学生時代の苦い経験がチラと脳裏をかすめ、なおさらムカつく。

「夫は仕事に煮詰まると、この部屋に何日もこもっていたんです。秋は鈴虫、冬は椿、春は満開の桜、夏はセミの声。四季を感じながら創作に打ち込んでいたんです」

正直な口は慎むが、ぶっちゃけ、そんな話はどうでもいい。瀬文は本題に戻った。

「さ、時間もないので、検証を進めましょう。鬼門さんは、ここで誰かと争ったんですね？」

「はい……花器が割れて、本なども崩れていて……誰かともみ合った痕跡《こんせき》が……」

と、当麻が机の下にしゃがみ込み、奥のほうに手を伸ばして、何かを拾い上げた。

「これはティーカップですね。てことは、お茶を飲んでる時に殺されたんですねぇ」

「当時の調べによると、容疑者は二人。鬼門さんの片腕と言われた板野貞雄《いたのさだお》さんと、愛弟子《まなでし》と言われた松井和生《まついかずお》さん、でしたね」

瀬文はスーツの内ポケットから、容疑者たちの写真を取り出した。

「ええ……板野さんは、当初から夫と二人三脚で鬼門会館を起こしてくれた人で、でも、経営方針でよく揉《も》めていたんです。愛弟子の松井は鬼門も認める才能の持ち主で、そのせいか、生け花の方向性でいつも衝突していました。それで、疑いをかけられたんだと思います」

当麻はティーカップを手に、じっと話を聞いている。

「でもまあ、お二人とも、確実なアリバイがあったんですよね。鬼門さんが奥さんと電話で話していた午後5時30分……」

野々村が、資料に記されていた事件の概要を語り始めた。


鬼門は、青山のアトリエから電話をかけていた。部屋の隅のガラスケースで、鈴虫たちが涼しげな音色を奏でている。

自宅の電話を取ったのは、まだ働き始めて日の浅いお手伝いさんだ。

「奥さま、ダンナさまからお電話です」

真理子が受話器を受け取り、「もしもし」と電話に出る。

「俺だ。今、青山のアトリエで次のイベントのプランを練っててな」

「そう。遅くなりそう？」

「うん。泊まりになるかも知れん」

その時、銃声が響いた。ほとんど間を置かず、誰かが電話を切った。

「あなた!?　あなた!?」

折り返しアトリエに電話をしたが、つながらない。

お手伝いさんが、その様子を見ていたという。


「その時間、板野さんは京都へイベントの打ち合わせに向かっており、松井さんは、家族と映画を観ていた」

確かに各々のアリバイは完璧《かんぺき》に聞こえるが……、瀬文は首をひねった。

「わざわざ映画を家族で？……アリバイを確保するためのわざとらしさみたいなのを感じますね」

「ぼくも一度も女房と二人でわざわざ映画観に行ったことないなあ。だから新しい恋にいっちゃうんだな」

「うるさいですよ」

瀬文は野々村を一喝して黙らせ、真理子に向き直った。

「今、そのお二人は？」

「鬼門が亡くなって、逆に溝が消えて、今は私を支えてくれています」

野々村は「いい話だ」とうなずいているが、未亡人にまつわる美談など、瀬文はハナから信用しない。裏を返せば、たいがいドロドロしているものだ。

「何と言っていいか……電話中に殺されたなんて、奥さんもさぞショックだったでしょう」

野々村が悲しげに言うと、真理子は「ええ」と長い睫毛《まつげ》を伏せた。

「奥さんには、いつもそうやって普段でも電話なさるご主人だったんですか？」

今まで黙っていた当麻が、ふと思いついたように尋ねる。

「ええ、とても優しい人でしたから。今から帰るという時もあれば、仕事で泊まるから、という時も……心配しないようにって……」

思い出がよみがえったのか、真理子はふっと涙ぐんだ。

「すみません、おつらいことを思い出させてしまって」

さっと野々村が真理子にハンカチを差し出す。見かけによらず紳士だ。

と、瀬文は危うく当麻を踏んづけそうになった。

「何だよ」

当麻が床に這《は》いつくばって、目を皿のようにしている。

「銃で撃たれたにしては、血痕が少ないっすよね」

当時の現場写真を見つつ指摘する当麻に、瀬文は資料をめくりつつ答えた。

「当時、鬼門さんには自傷行為の癖があった。つまりリストカットってことだな。で、血痕は襲われた時のものか、リストカットの時のものだったか不明とされた。まあ、ここから殺人の線より、自殺目的の失踪《しっそう》説へと捜査の方針が傾いた」

すると真理子が、ムッとしたように口を挟んだ。

「自傷行為と自殺は違います。自傷行為は彼にとっての創作活動の一環だったんです」

手首を切り、その滴る血を作品にぶつける鬼門。相当ギリギリな話だ。

「はあ〜。クリエイターというのはやはり大変なお仕事なんですな」と野々村。

「ま、創作行為中の時の血、という可能性もありますが……。出血量が少ないからと言って、銃で撃たれてないってことでもないんですよね。小口径の銃弾なら、貫通しないから出血も知れてますし、当たりどころによっては歩けるくらいです」

瀬文が不躾《ぶしつけ》な視線を向けると、真理子はその目を避け、美しい眉《まゆ》をひそめた。

「チッチッチッ」例によって、当麻の舌打ちである。何か引っかかるらしい。

「何だよ」

「てか、殺すことが目的なのになぜ、確実じゃない小口径の銃を使う必要があるんですか」

「犯人が女の場合、大型の銃は使えない。反動が大きすぎて当たらんからな」

「そか」

「あとは、死体を運びだす必要があるのに自分で運びだせない場合、つまり、非力な女性とかの場合だ。怪我をさせ脅し、自力で歩かせたあと、車などで山中などに連れて行ってから殺す、という場合もある」

そう言って、再びあからさまに真理子の顔を見る。今度はまともに視線がぶつかった。

「私を疑ってらっしゃるんですか」

尖《とが》った声で聞いてくる。

「こっちも必死なんでね。申し訳ないですが一応、全員疑わないとね」

「…………」

「じゃ、他のメンツも洗いに行きますか」

瀬文は野々村と当麻に声をかけ、鬼門のアトリエを出た。

＊

鬼門の片腕だった板野貞雄は、鬼門会館のオフィスにいた。

「板野さんですね？　お忙しいところ、恐縮です」

「いえ。ご苦労様です」

板野は35歳。誠実そうな美男、というのが万人の第一印象であろう。

「10年前、鬼門さんが失踪した時のことなんですが、覚えてらっしゃいますか？」

野々村が話を切り出した。

「警察には何度もお話ししたことですが、その日は、京都のイベントの打ち合わせに出張してたんです」

「その点については、イベント関係者大勢の証言もありますから」瀬文はうなずいた。

「あなたのファンの方のブログも何種類か見ましたよ。一緒に写真撮られたりしてましたね」

当麻が、そのブログをプリントアウトしたものを差し出した。ファンの女性と板野が、車の前で肩を並べているツーショット写真である。

「よく見つけましたね。懐かしいな。会場入りした時にムリヤリ撮られちゃってね」

車から出た瞬間、ファンの女性が花束を持ってきて断りきれなかったという。

「アリバイはバッチリです。複数の人のブログにアップされてたんで。いやあ、韓流《はんりゅう》スターみたいですね」

当麻の言いように、板野はムッとなった。

「じゃ、何をお話しすれば……？」

「当時、鬼門さんとは経営方針を巡って揉《も》めてらしたそうですが……」

時短をモットーとする瀬文は、いきなり核心に迫った。

「ええ。私は家元制度のシステムを構築しようと考えていたんですが、鬼門は、そんなものは必要ないと。自分一代で終わっていいんだという考えでしたから」

「揉めていたのは、それだけですか？」

「は？」

「失礼ですが、まだ独身でいらっしゃいますよね？」

「それが何か？」

「いえ、あんな美しい未亡人がそばにいたら、自分だったら、どうしてるかな、と思いまして」

「瀬文君」野々村が目でたしなめる。

「お気を悪くなさったら、すいません」

露骨な慇懃《いんぎん》無礼に、板野はますます気を悪くしたようだ。

「あ、いえ、10年前も警察の方にそんなこと聞かれました。警察の方はそういう下種《げす》の勘ぐりが好きなんですな」

「ええ。犯罪者はみな、下種なんでね」サクッと切り返す。

「僕は何しろ、鬼門とは若い頃から同じ釜《かま》の飯を食った仲ですから、真理子さんとも、家族みたいなもんで。色っぽいことは何も」

「………」

事実だとしたら、かなりの役者である。板野は、わざとらしく時計を見て言った。

「約束があるんですが、まだ何か？」

チッチッチッと、当麻が舌打ちで板野を呼ぶ。

「何ですか？」

「資料によると、板野さんはその日、青山のアトリエにいる鬼門さんと話したということですが」

「ええ。殺される30分位前、つまり5時ちょっと前ですか。突然、僕の携帯にかかってきたんですよ」

「ちなみに何故、アトリエにいると思ったんすか」

「鈴虫が電話の向こうでリンリン鳴いてたんですよ。あんなに鈴虫が鳴いてる場所、アトリエぐらいしかないでしょ」

「確かにウザかった～」

当麻が舌打ちすると、板野はニッコリした。

「気が合いますねぇ。んでは」

「あっしたー。おつかれっした～」

次なる容疑者は、松井和生34歳、鬼門の愛弟子《まなでし》である。

「今さら、何を聞きたいって言うんです？」

松井は、教室で生徒たちを教えていた笑顔とは打って変わった仏頂面で言った。

「感じ悪っ」

野々村の後ろに半分隠れて、松井を見る。当麻もたいがい感じが悪い。

「10年前、鬼門さんが失踪《しっそう》した日のことなんですが、9月11日の午後5時半頃は、ご家族と一緒にいらしたそうですね？」

瀬文が聞くと、松井はふてぶてしく言った。

「それが何か」

「映画を観ていたとか。タイトル、何でしたっけ？」

「カマかけてんですか。失礼だな」

「そう言わず、答えて下さいよ」

「『バリタク2』ですよ」

「マルセイユからカンヌへタクシーが爆走する話ですね」

「そうですよ」

「行き先はパリですよ」瀬文はニヤリとした。「ホントは、その映画、観てないんじゃないんですか？」

「…………」

「チョロい。チョロすぎる」

当麻が茶々を入れると、野々村がハッと松井を見た。

「もしや映画の途中で抜け出して……！」

「あの時は子供が風邪気味で、途中で吐いて、大変だったんですよ。それで、映画の後半は観てないんです。それこそ妻や子供に裏をとってもらっていいですよ」

「んじゃ連絡先教えてくださいよ」

横柄に瀬文が尋ねる。

「……離婚しました。私の方ではわかりません」

「調べられると厄介な何かがある、と考えてもいいですかね」

「勝手に色々考えてください」

松井はそっぽを向いてしまった。

「ムムム」

野々村は思わず唸《うな》った。便秘に苦しんでいるわけではない。松井のイラついた表情が、彼が犯人であることを告げていたのである。

*

「よく食うね」

餃子《ギョーザ》を運んできた店の親父が言った。おなじみ、『中部日本餃子のCBC』である。

皿まで食う勢いの当麻の横で、野々村は意気揚々としていた。

「私の長年の勘では、犯人は松井だね。何しろ、アリバイがあやふやだ」

「バカウマ」

「また解決しちゃったね、当麻君」

「さすが係長!!　あと10人前追加してもいいですか？」

「いーよいーよ。報奨金出るし」

「まだ食うの？」

さすがの親父もあきれている。そこへ、瀬文がやってきた。

「どうだった？」

「松井の別れた妻が覚えてました。映画の途中で子供が吐いて、大騒ぎだったこと」

「え！　じゃあ犯人は、松井ではない……」

「ということです」

ただの勘違いであったか……。野々村はがっくしとうなだれた。当麻はどこ吹く風で、ガツガツゆで餃子を頬張っている。

「んじゃ、板野だ。板野で犯人決定」

残りものには福がある。

「板野は京都にいたんですよ。どうやってアリバイを崩すんです」

「あー。報奨金はムリか……」

野々村はため息をつき、親父に言った。「ごめん餃子、10人前キャンセル」

「えーっ」

「だって……だってさ、お祝いしてる場合じゃないじゃん」

「え？　何でですか？　犯人わかってるじゃないですか」

野々村と瀬文は「え？」と当麻を見た。

「バカでもわかりますよ。てか問題はトリックなんですよ」

並外れた洞察力は、とっくに証言の矛盾点を見つけていた。

残りの餃子を平らげていた当麻は、ハッと天井を見上げた。誰かが皿をのぞき込んでいるような視線を感じたのである。

拘置所の壁をまじろがずに見つめていた桂小次郎は、ポツッとつぶやいた。

「餃子、煮すぎ……」

*

当麻のキャリーバッグから、墨と硯《すずり》と筆と半紙が次々と出てくる。

「またかよ」瀬文はあきれ顔だ。

「うっせー」

墨をすり、筆を持ってサラサラと書き始める。


『京都』

『青山』

『アリバイ』

『鬼門』

『ブログの写真』

『銃声』

『電話』

『鈴虫』

『血痕《けっこん》』

『カップ』


当麻はすべての書をガッとつかみ、ビリビリに破くと天井に向かって放り投げた。桜吹雪のように、ちぎれた半紙の断片がハラハラと舞い落ちてくる。

その中に、当麻は凜《りん》として立った。すると――、
紙片の文字が量子力学理論上の電子のように多重に重なり、やがて波動関数上の解を導き出すように、トリックが暴かれていく。

アルファベットの渦、渦、渦――。

なぜか元素周期表が当麻の目に認識された瞬間、閃《ひらめ》きが走った。

当麻は確信を持って独りごちた。

「いただきました!!」

＊

その日、犯人は中央アジア・カザフスタンの国際交流イベントのため、都内のとあるイベント会場で花を活《い》けていた。

高さ2メートル幅4メートルはあろうかという大作で、そばに近づいたら空気さえビリビリしそうな、もの凄《すご》い緊張感である。

「何か？　あまり時間はないんですが」

当麻と瀬文の姿に気づくと、犯人は露骨に嫌な顔をした。

「大丈夫です。こちらも時間ないんで。実は、鬼門さんを殺した犯人を速やかに逮捕しないと、犯人が天罰によって殺されちゃうかも知れないんで」

死刑囚には負けたくないんで、の方が当麻の本音である。

「じゃ早く逮捕してあげてくださいよ」

「でも実は、そんなに助けたい気もしてないんすよ。だって、自業自得じゃないですかあ」

すかさず瀬文が当麻を蹴《け》り上げた。

「お前、それでも刑事か」

「痛《いて》えなあ、瀬文さんだってそう思ってる癖に」

犯人は、花鋏《はなばさみ》でパチンパチンと目障りな花首を落としていく。

「あのう用がなければ、お引き取り頂いてもいいですか。集中したいので」

大々的な華展である。ここで気を抜くわけにはいかない。カリスマ亡きあとも鬼門流を守《も》り立ててきたのは、並大抵の苦労ではなかったのだ……。

「用はありますよ。板野さん。私たち、あなたを逮捕しにきたんで……」

板野の花鋏が一瞬止まった。

「逮捕？　なぜですか」

「鬼門さん殺したのあなたなんで」

「だって、鬼門さんが殺された時、僕は京都にいましたよ。どうやって殺せるって言うんですか」

「これ以上、聞きたいですか」

「ええ」

「ご存じのくせに。ま、いいや。事件を整理してみましょう」

当麻は、ファイルに記されていた事件の概要の、ある部分を話し始めた。

鬼門は、青山のアトリエから妻の真理子に電話をかけていた。

「俺だ。今、青山のアトリエで次のイベントのプランを練っててな」

「そう。遅くなりそう？」

「うん。泊まりになるかも知れん」

その瞬間、鬼門は何者かによって射殺された。


「その通り」板野が言った。

「いや、おかしいんですよ。めちゃくちゃおかしいんですよ」

「何が」

「犯人は、鬼門さんが奥さんに電話している時に発砲しています。わざわざです。なぜわざわざ、奥さんと話をしている時を選んで、撃つ必要があったのかっつー話です」

「金目当ての奴が相手の隙をついて、入ってきて、撃ったんじゃないかな」

「私が強盗なら、電話を切ったあとに殺します。電話の相手に通報されちゃいますからねえ。てことは犯人は、鬼門さんが奥さんに電話している、その瞬間をわざわざ狙って撃ってるってことです。その目的はたったひとつ、犯人にとって有利なアリバイを作ることでしょう」

「…………」

「まだ聞きたいですか」

「巻きでお願いします」

「いいっすか。鬼門さんが奥さんに残した最期の言葉は……」


「俺だ。今、青山のアトリエで次のイベントのプランを練っててな」

その時、妻の真理子はターンという発砲音を聞いた。

「あなた!?　あなた!?」


「犯人にとって、とっても必要なアリバイを被害者自身が妻に告げた直後に撃っている。これがまさに犯人の目的です」

「結論から言ってくれないか。忙しいんだ」

「聞きたいんだ。結論から言うとすね。まずあなたは、自分のアリバイを作るために、事件の現場を偽装したんだと思うんですよ。部屋を荒らし、松井さんに罪をなすりつけるために、知り合いの犯行ってことでお茶のコップを置いたり……。芸術家らしい丁寧なお仕事だったと思います」

「…………」

「ま、残念なことに松井さんは、家族とたまたま映画を観に行っていて、アリバイがあったんで助かっちゃいましたがね。続き聞きたいですか。そしてあなたは鬼門さんを待ち伏せた」

当麻は嬉々《きき》として、推理の続きを話し始めた。


外出先から戻ってきた鬼門は、アトリエ近くの路上でクラクションの音に振り返った。

「よう」

車の窓から顔を出したのは、板野だ。

「今さら、何の用だ？　まだ金が欲しいか」

「心配して待ってたんだよ。煮詰まってんじゃないかと思ってさ。気晴らしにドライブでも行かないか」

よほど思いつめていたのだろう。鬼門は板野の誘いに乗ってきた。

「俺たちが仕事を始めた時の事を思い出すなあ。小さな車に、花と道具を詰め込んで……。名古屋だろうが、大阪だろうが、走っていった」

夢に向かって、ただがむしゃらに突き進んでいたあの頃。助手席で窓の風を受けながら、鬼門は昔を懐かしんだ。

「ああ。楽しかったな」

「今日はどこへ行くんだ」

後ろの座席に、旅行カバンや道具類が積んである。

「京都だよ。何なら一緒に行かねえか」

「冗談だろ。さすがに遠いよ」

「煮詰まってんだろ。京都にうまいメシ屋があるんだ。たまには女房に内緒で息抜きしようぜ」

「…………」どうしようか。鬼門の目に迷いが浮かんだ。

「俺は、今だってお前の一番の理解者のつもりだ。道を分かつことになったが、その気持ちは変わらない」

板野の言葉で、鬼門の心が決まった。

「わかった。じゃあ、女房に一本電話入れとくよ」

「二人は誰にも言わず、青春の最後の一日を楽しもうとした。そして鬼門さんは、奥さんに嘘をついた」

例えばそこは、京都山中の廃れたドライブインだったかもしれない。人気のない駐車場で、鬼門は妻の真理子に電話をかけた。

「うん。泊まりになるかも知れん」

その瞬間、鬼門に向けられた銃口が火を噴いた。

「!?」

ターンという音と同時に、鬼門の体が地面に崩れ落ちる。板野は鬼門の携帯を拾い、静かに終話ボタンを押した。

「確か、これポアロだかコロンボだかに似たネタがありましてね……」

「……作り話もいい加減にしてくれ」

「いやいやガチですよ。そうか、まだ聞きたいのか。これ、10年前のこの日、板野さんが京都で講演会やられた時、ファンの方が撮られた写真、お見せしましたよね」

ブログからプリントアウトした、車の前でのツーショット写真である。

「はい。これが何か」

「この車、品川ナンバーなんですよ。板野さんの車ですよね。あなた、わざわざ東京から京都まで運転していったんですね」

「だからって俺が犯人って事にならないでしょ。一人で行ったってことも考えられる」

「板野さん、アーティストのくせに見苦しい言い訳はよしませんか」

当麻はもう一枚、ある部分を拡大した写真を取り出した。

「運転席にね、ほらここ、透明のカップがドリンクホルダーに2つ、くっついてるのが見えるんですよ」

「…………」

板野の顔に、さっと動揺が走った。

「両方とも飲みかけなんです。まさか、片方少しずつ2杯飲んだとか言うつもりですか」

そこが、殺意と繊細さを併せ持ったアーティストの限界だったのだろう。

板野の全身から、ふっと力が抜けた。

「……鬼門が、大津《おおつ》のカフェで買ってくれたんだよな。そのあと殺されるとも知らず」

鬼門は、板野が好きなコーラのカップをひょいと渡しながら言った。

「ありがとな。やっぱ、お前は友達だわ」

「どした」

「あのまま、あのアトリエで煮詰まってたら、俺、死んでたかも知れない」

「え」

驚く板野に、鬼門は自嘲《じちょう》めいた笑みを浮かべ、首に巻いていたスカーフを取った。そこには生々しい、大きな傷跡があった。

「……お前、そこまで自分を追い詰めて……」

芸術に命まで賭《か》ける情熱。才能と同様に、板野には絶対に持てないものだった。

「お前のおかげで昔のこと思い出して、気が楽になった。ありがとうな」

二人はしみじみとコーラを飲んだ。鬼門は、穏やかな気持ちで。板野は、思いに沈みながら——。飲みかけのコーラをドリンクホルダーに入れ、車が再び走り出す。

ドライブの終着点は、京都山中の廃れたドライブインだった。

「なんで……」

銃弾が体を貫いた時、大きく見開いた鬼門の目には、死の恐怖よりも、驚愕《きょうがく》と悲しみが浮かんでいた。

今もあの山中で、鬼門は友の殺意の理由を問い続けているのだろうか。

*

板野は、最後の花を活《い》け終わった。全身全霊をかけた、しかしカリスマの才能には遠く及ばない作品だった。

「ひとつ聞かせてくれ。俺が犯人だと、いつからにらんでいたんだ」

「出た。お約束のフレーズ。やっぱ聞きたいですか」

当麻はご機嫌である。謎解きがしたくて、さっきからウズウズしていたのだ。

「聞きたいねえ。そりゃ、聞きたいよ」

「最初に会った時ですよ……」

「え」

「板野さん、私に、鬼門さんと電話で話した時にアトリエの鈴虫の音が聞こえたと言いましたよね」

「……?」

そういうこともあろうかと、当麻は携帯を出し、野々村に電話をかけた。

「もしもし、係長ですか」

「すまん。鈴虫の声がうるさくて！……もう少し大きな声でしゃべってくれ」

「今、犯人に替わります」

携帯が、板野の手に渡る。

「すみません。鈴虫の鳴き声がうるさくてよく聞こえないんですが……」

「もしもし」

「鈴虫の鳴き声？　そんなもの聞こえない……」

そこで板野はハッと口をつぐんだ。

ようやく気づいたらしい板野に、当麻が種明かしを始めた。

「うちの係長に例の青山のアトリエから今、実際に電話で話してもらってるんですが……」

「はい、こちら青山のアトリエなう」

「そうなんすよ。電話の音は300ヘルツから3400ヘルツの音しか伝えないんですよ。鈴虫は4000ヘルツなんで、受話器から鈴虫の音を聞く事はできないんです」

「…………」

「あなた、アトリエにいる鬼門さんと一度も電話で話したことなかったみたいですね。アトリエにいる鬼門さん、というのを強調しようとして、嘘がバレてしまいましたね。残念でした」

語るに落ちる。華道家は、やはり花だけを相手にしていればいいのかもしれない。

「行くぞ」

待ちくたびれてイラついていた瀬文が、きれいに飾ってあった生け花を踏み倒して板野を連行していく。とことんアートを解さない男である。

＊

当麻と瀬文は大島と共に、死刑囚の独房に移された桂の元へやってきた。

「初めまして。未詳の当麻です」

「桂です。私はずっとあなたの事を見てましたよ」

「…………」

ゾクッと怖気《おぞけ》がくる。今、目の前で当麻を見る桂の視線は、ファイルを見たあの時に未詳で感じた視線、そして餃子《ギョーザ》の皿をのぞき込んだ視線そのものだ。

「瀬文さんもお疲れ様でした」

上から目線かよ。

「お題の事件ですが、鬼門さんを殺した犯人は板野さんでした。本人の自供で、まもなく死体も見つかるでしょう」

瀬文は淡々と、報告調で言った。

「あたしたちの勝ちですかね」

「残念ながら、あなたたちの負けです」桂は薄笑いを浮かべた。

「犯人は、あと一人いるんです」

「え？」

「鬼門真理子ですよ」

「……やはり」瀬文が小さくため息をつく。

「瀬文さんはしつこく追及されてましたけど、今いちぬるかったですね」

「……誰に聞いたんだ」

「私には千里眼があるんですよ。時間も空間も超えて、すべて、私には見える」

ハタと思いついて、瀬文は大島を振り返った。

「ツイッターか!!」

「見せてませんよ。そもそも持ち込めないし」

「そんな事より時間はいいんですか」

いかにも楽しそうに、桂が言った。

「24時間……」大島がハッとして時計を見る。

「すみません。24時間経ってしまったので、ルールどおり天罰を下しました」

「！……」

瀬文は慌てて携帯を取り出し、警視庁にコールした。

「捜査一課に回してくれ」

＊

「グググ、なんで」

広々とした自宅のリビングで、真理子は男に首を絞められていた。

「お前、板野ともデキてたのか」

「そうよ。あなたよりずっと前からデキてたわ」

苦しげな息の下で、真理子の瞳《ひとみ》が挑発的に輝く。この瞳に惑わされたのだ。人生を狂わされたのだ。

「お、お、俺を利用しやがって……」

「フフフ……あなただけじゃないわよ。板野も、鬼門も……男はみんなバカ……フフフ」

頭の芯《しん》がカッと燃え上がった。

「ギャー」

ゴキゴキゴキ。胸の悪くなるような音がして、真理子の首の骨が折れた。息絶えたことは、確かめずともわかる。

真理子の美しい肢体が力なくくずおれていくのを、男は呆然《ぼうぜん》と見下ろした。

そこへ、瀬文から連絡を受けた捜査一課の鹿浜が、猪俣ら刑事と警官を引き連れて駆けつけてきた。

「救急車を‼」猪俣が叫ぶ。

「もう死んでるよ」

低い声でつぶやき、遺体のそばに立ち尽くしている男に、鹿浜は手錠をはめながら言った。

「松井和生、殺人の現行犯で逮捕する」

＊

「鬼門殺しを板野に持ちかけたのは、妻の真理子だ。板野と真理子はずっと男女の関係だったんだ。鬼門は、アーティスト肌で経営のことなどまったく考えない男だった。板野は家元制度をビジネスにして、経営に苦しむ真理子を支え続けた」

死刑囚独房の中で、桂の説明が続く。

「そんなある日、鬼門と板野は決裂し……」

「俺の芸術を金で売るな。金、金、金、金の亡者は出ていけ」

青山のアトリエで、とうとう二人はぶつかり合った。

「お前の芸術を支えてるのは、俺が稼いできた金だ!! 金の亡者とは何だ!! 撤回しろ!!」

「金の亡者を金の亡者と言って何が悪い」

恐ろしい笑い声を上げながら、鬼門が板野の首を絞め上げた。板野の首に、鬼門の長い指がぐいぐい食い込んでいく。

真理子が止めに入らなかったら、鬼門の方が刑務所に入っていたかもしれない。

そんな鬼門だったから、いったん創作活動に入ると他のことは何も目に入らず、自宅にもめったに帰ってこない。

真理子と板野が熱く体を重ね合うようになるまで、そう時間はかからなかった。

「殺しちゃおうか」

真理子が殺人をほのめかしたのは、板野の唇がその白いうなじに滑り込んだ時だった。

「え」

「鬼門よ。あの人、いつかあなたを殺すわ。そして、いつか私も……殺される」

板野もまた、妖《あや》しく輝く未亡人の瞳に惑わされたのだ。

「二人は10年前、共謀して鬼門を殺した」

桂は結論した。

「真実を暴けなくて、何が警察だ。本当に罪深き人間を罰するのに、凡人の君たちでは限界があるのだ」

高飛車に言って、1枚のタロットカードを当麻の前に突き出した。

「愚者のカード……」

「で、神の代わりに真理子さんに天罰を与えたと」

「そうだ」

手前勝手な理屈もあったものだ。聞いているだけで胸クソが悪くなり、瀬文はペッと唾《つば》を吐いた。

「松井さんを使って⁉」

「まあな。松井と鬼門真理子も男女の仲だった。板野と真理子との関係を今回の事件で知って逆上したのさ。クズな女に利用されたバカな男たち。まあ、天罰が下るのは自明の理」

この野郎。凍りついた湖面から、マグマが噴き上げた。

「てめえの方がくだらねえ、クズ中のクズだよ」

瀬文は桂の胸倉をつかみ、首を絞め上げた。

「おめえのくだらないゲームで、新たに一人が死に、一人が無駄に殺人を犯した」

「それも運命だ。神が決めた人生だよ」

「んな訳ねえだろ。この人殺しが!!」

大島が慌てて瀬文と桂の間に割り込む。

「やめてください。桂さんが何をしたっていうんですか」

「何だと」

「真実が一つはっきりし、それぞれの罪が暴かれた。それは桂さんの持つ神の力ですよ」

「ふざけんな。この偽善者野郎。人間の生命を何だと思ってんだ」

瀬文は桂を突き飛ばすと、独居房の扉を蹴《け》り上げて出ていった。

「彼はまだ、部下の事で悩んでるんだねぇ」

囚人服の襟を直しながら、桂はクスクス笑った。

「何でも知ってんですね」

当麻は桂をにらんだ。

「あんたの事も知ってるよ。その左腕の事も、ニノマエとのいきさつも」

「大島さんは千里眼だとおっしゃってましたが、何かヴィジョンが見えるんですか？」

さりげなくスルーして、遠回しに探りを入れる。

「まあ、そうだね……自分でも上手《うま》く説明はできないんだがね。それより、次の事件の話をしましょう。3年前に行方不明になった、4歳の男の子の母親が相談にきてると思うんで、まずはその事件を解決するというのはどうですか。24時間以内にね」

「…………」

「一つずつだが真実を掘り起し、罪人達に正当な罰を与えていく。私はね、神の使いなんだ。僕を殺す事が、君たちにできるかね」

自らを神の使いと豪語する桂の自信の源は、いったい何なのか。

刑務所からの帰り道、キャリーバッグの荷がやけに重かった。

＊

『10年前青山の華道家、鬼門拓也さんが殺害された事件で、本日午後3時頃、容疑者が逮捕されました。殺人と死体遺棄の容疑で逮捕されたのは鬼門流華道会の専務、板野貞雄35歳で、本人は素直に取調べに応じているとのことです。なお、鬼門流華道会の会長で、鬼門拓也さんの妻の真理子さんが、専務の松井和生容疑者に殺害された件で……』

『中部日本餃子《ギョーザ》のCBC』の小さなテレビに、今日の事件のニュースが流れている。

当麻が餃子を食べつつ見ていると、地居がいつの間にか向かいに座っていた。

「事件、無事解決したんだね。親父さん俺もビール」

「餃子食べるんなら、自分の分は自分で頼みなよ」

「堅いこというなよ。こっちは貧乏学生なんだから。ノーベル賞もらったら、おごるよ」

「ウザい」

何と言われようが気にしない。地居はヒョイパクヒョイパクと当麻の餃子を口に運んでいる。

「結局、死刑囚の挑戦って噂、全部ネットでのイタズラだったんだって」

「え⁉ 誰が言ってんの」

地居は、テレビを指差した。「あれ」

タイミングを計ったように、ニュースキャスターがその話題に触れた。

『なお、桂小次郎死刑囚がこの事件に関し、警視庁に挑戦状を送りつけたとの噂に関して、警視庁は「ネット上でのイタズラ」との見方を発表しました』

どういうこと。どういうことだ。

「……情報が操作されている‼」

同じ頃、大島は人気のない夜道を歩いていた。ツイッターを更新しようと思い立ち、書き込もうとして決定ボタンを押すが、反応しない。何度押してもダメだ。

「何故だ」

そのとき、暗闇から数人の公安刑事が現れ、大島を取り囲んだ。

「もう書き込めないようにしてあります」

「あんた誰だ」

「大島さん。くだらない騒ぎをこれから拡げるつもりなら、どんな手を使ってもあなたの存在を抹消しますよ」

本気であることは、情の欠片《かけら》もない目を見ればわかった。


死刑囚独居房の桂は、混乱していた。

「何が起こってるんだ」

カツン、カツン。誰かが廊下を歩いてくる足音がする。

「情報が操作されている？」

まるで当麻から聞かされたように声を上げた時、足音が桂の独居房の前で止まった。

「公安部の津田です」

「……何しにきた？」

「外の様子はたいがいお耳に入ってるかと思いますから、事情の説明は省かせて頂きます」

「情報操作したのはお前か？」

「私どもは、特殊能力者の犯罪について水面下で研究を重ねています。我々の研究班によるとあなたのSPECは、千里眼などではなく、異常に鋭敏な聴覚だとの仮説に達しました」

「………」

「すごいもんですなあ。ここから少なくとも青山や警視庁内の会話がすべて筒抜けだった。いったい、何十キロ先までの音が聞きとれるんですか」

「あんた、何の根拠があって、私の千里眼の能力を聴覚だって決めつけてんだよ」

「さっき、私どもはその仮定に立ち、あなたに声を聞かれないように、ある会議を筆談で行い、ある決定をしました」

「!?」

「もしあなたが本当に時空を超えた千里眼の持ち主なら、私どもの決定をも、見抜けたはず」

「見抜いているさ。ただ、あまりにもくだらない決定だから……」

　心なしか、その声が弱々しい。

「強がっても無駄ですよ」

津田は苦笑しながら、ポケットから折り畳んだ紙を取り出した。

「あなたの死刑執行書です。法務大臣のサインもありまして、特例ですが今から死刑執行をします」

桂の全身の毛穴から汗が吹き出した。数人の刑務官がドカドカと独居房に入ってきて、歯の根も合わぬほど震えている桂を、強引に刑場へ引きずっていく。

その背を見送る津田の顔に、薄笑いが浮かんだ。

＊

繁華街を歩いていた瀬文は、後ろからポンと肩を叩《たた》かれた。

「!?」

振り返ると、思いがけない人物が、意外なことを言った。

「取り引きしませんか？」

優しい笑顔——警察病院の医師、海野である。

＊

神ではなく、天井から吊るされた冷たいロープが桂を待っていた。

「やめてくれ!!　やめてくれ!!　助けて!!　助けてくれ!!」

手錠をかけられ、数人の刑務官に押さえられた桂は、目の前に大島が立っているのを見て、泣きながら絶叫した。

「大島さん!!」

が、大島は首を横に振り、静かに聖書を読み上げて教誨師《きょうかいし》の仕事を全うした。

「助けて!!　助けて!!」

執行室の四角い踏み板の上に立たされた桂に目隠しがされ、首にロープがかけられた。

「執行ボタン用意」

「用意」

その時だ。キーンと音がして、時間が静止した。

執行ボタンに指をかけた3人の刑務官も、十字架を握りしめた大島も、首にロープをかけられた桂も静止している。

まるでマジックのように、二十一《にのまえじゅういち》が現れた。

ニノマエは静止した桂に触れ、首のロープをはずし、目隠しをはずした。ニノマエが人形のような桂の顔に触れたとたん、恐怖に見開いていた目が瞬きした。

ニノマエの手の触れた部分だけ、時間がニノマエの時間の流れと同期するようだ。

「助かりたいか」

「……助けてくれ」

ニノマエは、謎めいた微笑を浮かべた。

夜の世界はすべて静止していた。

繁華街の瀬文と海野も。

『中部日本餃子のＣＢＣ』の当麻と地居も。

闇の中に、からかうようなニノマエの声が響く。

「やだね」

ダーンと踏み板の抜ける音がして、桂の世界は暗転した——永遠に。

3

世界は再び動き始めていた。


「怖いね。権力って。まさにコヤニスカッツィだ」

コヤニスカッツィ。アメリカ先住民ホピ族の言葉で『平衡を失った世界』――とは無縁の『中部日本餃子《ギョーザ》のCBC』で、ゆで餃子を豪快に食べているイイ男は地居である。

「チッチッチッ。何わかったようなこと、言ってんのよ。あたしが薦めた映画でしょ」

三角巾《さんかくきん》で吊《つ》った当麻の左腕に、ふと地居の目が留まる。

「早目に刑事の仕事、辞めてくんないかな」

「は?」

「次は、腕だけじゃすまない気がする」

「てか、人のゆで餃子、食うな」

「俺、本気で言ってんだけど」

「…………」

いつになく真顔の地居に、当麻は何も言えなくなってしまった。

＊

「取り引きしませんか？」

夜の繁華街のど真ん中で、海野は突然、物騒なことを口にした。

「取り引き⁉」

「そんな怖い顔しないでくださいよ。医者として、あなたの力をどうしても借りたいんです」

「…………」

海野は志村の主治医である。そう言われて、話を聞かないわけにはいかない。

何やらきな臭さを感じつつも瀬文は承諾し、二人は、近くの喫茶店に場所を移した。喫茶店というよりは、通好みのバーのような佇《たたず》まいの店である。

瀬文はコーヒーを注文し、海野はハンバーガーを頼んだ。具材はミートパティとレタス、オニオン、トマト、つけ合わせにフレンチフライという、ごくシンプルなものだ。

海野はまずバンズのクラウンを取り、指でつまみ上げたピクルスをペロリと食べた。

「うん。うまい」

「ピクルス、好きですか」

「いえ。ピクルス、苦手です。だから、先に食べるんです」

「好きな方から食べるタイプですか？　嫌いな方から食べますか？」

「自分は好きなものだけしか食べません」

「それは健康によくない」

嫌いなもの食うとストレスたまんだよ、つか体脂肪率10％切ってる俺にメタボ指導すんじゃねーよ。

「はあ」

「取り引きって、何の取り引きでしょうか」

表情筋をピクリとも動かさずに、瀬文は言った。

「瀬文さんは神の手って信じますか」

「神の手？　すみませんが要点だけをお願いできますかね」

海野の手が、２個目のハンバーガーに伸びた。ピクルスをまた先にペロリと食べる。

「うん。うまい。……志村さんを治せるかも知れないって医者がね、いるらしいんですよ」

「……本当ですか」

「わかりません」

おちょくってんのか。瀬文の顔全面に怒気があっさり出た。

「科学者としては信じたくない。しかし、実際にいるらしいんです。霊能者っていうか、超能力者っていうか、細胞を再生する能力を持っている人……らしいんですがね」

「………」

「瀬文さんの部署には、そういった人のデータがあるはずだ」

「そのデータを見せろと……」

「あなたは、志村さんを助けたくないですか」

「……脅しですか？」

「取り引きですよ。僕は一人でも多くの患者を助けたい。もちろん、志村さんもそうです。志村さんを救うということは、美鈴さんの人生をも救い、あなたも救う」

「………」

「医者ってのはね、死に慣れてると思われてますが、本当はそうじゃない。人の死は澱《おり》のように、心の中にずっとたまっていくんです。痛みとか、悲しみや、悔しさや、いろんな重みを背負ってます。それは刑事のあなたと一緒だと思う」

瀬文は否定も肯定もしない。

「僕には、明日死ぬかも知れない子供の患者もいる。それも何人もだ。何の罪もない子供が苦しんでいるんですよ。それを助けたいんだ。何か悪いんですか」

医師の口調が熱を帯び、瀬文の方へ乗り出してくる。

「悪いようにはしません。神の手を持つ男のデータを教えてくれるだけでいい。その代わり僕は、志村さんを救ってみせる」

「それはね、望み薄い相談です。てか、データがあってもガセだね。うちはインチキきわまりない部署ですから」

瀬文はコーヒー代を置いて立ち上がった。その背中を、海野の声が追いかける。

「僕は、会った事があるんです。神の手を持つ男に……」

「…………」

「治してもらったんだ。実際に、僕自身を……」

たわ言につきあっているヒマはない。瀬文はさっさと店を出た。


ちょうど河岸を変える時間帯なのか、繁華街は酔っぱらいが増えた。

その人の群れを避けつつ腕を組んで歩いていた年の差カップルが、慌てて建物の陰に身を隠した。

デート中の野々村と雅ちゃんである。

二人に気づかないまま、瀬文が海野の言葉を反芻《はんすう》しながら通り過ぎていく。

――僕は、会った事があるんです。神の手を持つ男に……――

「んな、バカな話……」

その耳に、「ホントだったらどうする」と女の声がした。

振り向きざま、誰かの体がトンと肩にぶつかった。とっさに折れた腕をかばう。

「いて……くない」

予測した痛みは、ついにやってこなかった。

＊

ちょうど飲み会が終わる時間帯なのか、明るい喫茶店は若者でいっぱいだ。

その店の隅っこのテーブルに座った年の差カップルが、人目を避けるように一つのシェイクを飲んでいる。

デート中の野々村と雅ちゃんである。

「あー、もういや。あたし、こういうコソコソした恋愛もうウンザリ。ねぇ、何とかしてよー」

「ずっとね、話はしてるのよ。ただ女房が弁護士で……。なかなか裁判も進まないっていうか何というか……」

「じゃあ、ずっとこうやってコソコソしてないといけない訳⁉」

「そういえば、雅ちゃん、出来た、とか何とか言ってなかった？」

「言った」

「ん……」ごくんとシェイクを飲み込み、思い切って聞いてみる。「僕の子？」

間髪容《い》れずビンタが飛んできた。

「……だよね」

＊

「ずるい‼　お前、ゲームとかでも、未来が見えんのな」

津田が舌打ちし、子供のようにゲームのコントローラーを放り投げた。

「ええ。未来は絶対ですから」

「てか、ムキになりすぎだよ」

冷泉のそばには、丸ごとかじったレモンが幾つも転がっている。

「ま、いろいろ、知りたい事もありますしね」

「そういやお前さんの予想さ、明日じゃんか」

「ええ。当たったら釈放してくれるっていう約束でしたよね」

「本当に当たったらな」

「予言は当たりますよ。絶対です」

そう言って、真ん中に『GS』と記された手書きの地図をヒラヒラさせる。津田が、それをひょいとひったくった。

「いちおう未詳の下ッ端二人を張り込みに行かせることにしたよ」

津田は泣く子も黙る公安部長の顔になっていた。

＊

「チッチッチッ。ねむーい。タリー。ねむーい」

キャリーバッグをガラガラ引きながら、当麻はずっと舌打ちと文句を繰り返している。

居眠り走行中のそのキャリーバッグが、瀬文の足にぶつかった。

「いてーよ。てか、これ邪魔なんだよ」

「チッ。んじゃ先輩、タクシー代、出してくださいよ」

「んな、金ねえよ」

「腕、治ったんすか」

瀬文の左腕は、昨夜をもって三角巾《さんかくきん》から解放されていた。

「治ったよ。若いもん」

ゆうべ、人混みの中で腕をぐいっと押してみた。痛みはおろか、骨が折れる以前より力がみなぎっている気がする。まるで細胞がすべて再生したみたいに。

瀬文が己の治癒力に感嘆していると、当麻が手書きの地図を取り出した。

「公安のエラい人から『張り込みしてろ』って、何の事件なんすかね」


その地図を野々村から渡されたのは、20分ほど前のことだ。

「何ですか」

「張り込み。午後1時から張り込んできて」

「何の張り込みすか」

「わかんない。見てればわかるって、上が」と、人差し指を立てる。

「上⁉」

「エラい人。すごーいエラい人からの命令。頼むよー」

「え――」

ブーイングする当麻に、野々村は紙切れを押しつけた。

手書きの地図だ。その真ん中に『GS』と目的地が記されている。

「チッ、んな、対象も教えてもらえない張り込みなんて……ありすか」

「……てか、本当にこっちなのか」

どうも方角が違う気がする。

「間違いないすよ、品川駅東、品川」

瀬文が地図をもぎとった。

「品川駅じゃなくて品川区東品川じゃねぇか。ボケ。品川駅は港区なんだよ」

「それ、おかしくないですか。品川駅が品川区じゃないなんて、誰も知りませんよ」

「常識だよ。バカ」と腕時計を見る。「時間がない」

瀬文は車道に出て、走ってきた空車のタクシーに手を上げた。思わず当麻の口が開く。

「タクシー乗るんだ。なら、最初から乗ってくれー」

＊

23歳のフリーター、武藤純《むとうじゅん》は急いでいた。アルバイトに遅れそうなのだ。

歩行者用の青信号が点滅している。向こうから歩いてきた男性とすれ違ったとき、信号が赤に変わった。

信号機の脇で、托鉢《たくはつ》の僧がチリンチリンと鈴を鳴らしている。信号待ちの間、武藤はふと惹《ひ》かれて、その托鉢僧を見た。

引き寄せられるように近づいていき、100円を黒い鉢の中に入れると、チリンチリンと鈴が鳴らされ、編笠《あみがさ》の奥の瞳《ひとみ》が見えた。

「女⁉」

「おおきに〜」

女托鉢僧の目が、武藤の心の中にツーンと入ってきた——。


「タクシーいいなあ。楽だなあ」

当麻はご満悦である。隣で時計をチェックした瀬文が、運転席に身を乗り出した。

「急いで。もうすぐ1時だ」

運転手がアクセルを踏んだとき、地図に描かれていたガソリンスタンドが見えてきた。

「あれだ」

遅刻ギリギリでバイトに間に合った武藤純は、元気よく働いていた。

「オーライオーライオー——ライ、ストー——プ」

左手を大きく振って、入ってきたバイクを計量機に誘導する。

何事もなく、いつもどおりだった。ガソリンスタンドの時計が1時を指すまでは。

流れていたFMラジオの時報がポーンと鳴ったその瞬間、武藤にスイッチが入った。

客を見る武藤の目つきがあきらかにおかしい。

「ガソリン満タンで」

「ガ、ガ、ガソリリリリリ……マンタンで……」

武藤は手に持っていた給油ノズルをバイクに向け、客にガソリンをぶっかけ始めた。

「何やってんだ。おめー」近くにいた先輩従業員が仰天して走ってくる。

「えー。ちょっと、今日は肌寒いんでサービスしとくわー」ふざけた京都弁を使いながら、
今度は先輩従業員に給油ノズルを向けた。

そのとき、当麻と瀬文を乗せたタクシーがガソリンスタンドに到着した。

「!!」

ドアから飛び出した瀬文が武藤に飛びかかったが、もの凄《すご》い力で跳ね飛ばされる。

「おほほほ」

ガソリンのシャワーが、追いかけてきた当麻にも容赦なく振りかかる。「キャー。冷た

ーい」

武藤がポケットから使い捨てライターを取り出した。まさか、火をつけるつもりか。武藤の右手の親指が着火部分にかかる。その場にいた全員が息を呑《の》んだとき、瀬文が武藤の背後からタックルを決めた。

その拍子に、使い捨てライターが武藤の手から離れて転がる。

「大人しくしろ」

倒れた武藤を、瀬文が押さえ込んだ。

「やだ〜。もう」油まみれの水鳥がどんな気持ちだったか、今の当麻ほど理解できる者はなかろう。油垂れ流した奴、ぶっ殺す。

「おはようさん。目が覚めたか」

瀬文が当麻に嫌味を言うと同時に、パトカーのサイレンが聞こえてきた。

＊

警視庁のそばで、托鉢僧が喜捨を乞《こ》うている。その前を通りかかった男が、お布施をして手を合わせた。

チリンチリンと鈴が鳴る。

「女か……かわい♡」

きびすを返してトコトコ歩き出す。その横を、男性がすれ違っていった。

*

グレイのスーツも白いソックスも、全部ゴミ箱行きだ。明日の焼却炉はさぞやよく燃えるだろう。

当麻がガソリンを洗い流し、京大理のロゴが入ったジャージ上下に着替えて未詳に戻ると、野々村と瀬文が待っていた。

「やー、当麻君、無事で良かった」

「まだガソリンくせえぞ、こいつ。うわ。くせ～」

瀬文が鼻をつまんで大げさに顔をしかめる。

「ガキか」チッと舌打ちし、当麻は真新しい三角巾で吊《つ》った腕を見下ろした。

「腕がこうじゃなかったら、あの野郎、半殺しにしてやったのに。今、どこですか？ 私に尋問させてください」

「尋問……いやまあ、落ち着いて」

「だって、危うく私が炎上するとこだったんですよ。絶対ぶっ殺す」

「ま、ま。ちょっとこっちこっち」

殺意満々の当麻を、野々村が部屋の外に引っぱっていった。

管理官の馬場、課長の鹿浜、ヒラ刑事の猪俣、捜査一課の馬鹿猪トリオが、取調室で武藤の尋問をしている。

その様子を、未詳の三人はマジックミラー越しに見ていた。

「てか、このバイト君に罪はないんよー。うちが憑依《ひょうい》してイタズラしてるだけやねんから～」

武藤は妙な目つきをしながら、ニコニコと、わけのわからないことを言い続けている。

「いいかげんにしろ。早くこいつを精神鑑定に回して、詐病だって診断をとれ」

はんなりした京言葉が神経を逆なでするらしく、鹿浜は平素に輪をかけた渋面で猪俣に命じた。それでも武藤は、まるで他人事《ひとごと》のようにヘラヘラしている。

「君、正直に話した方が身の為だぞ。職場に恨みでもあったの？」

馬場はあくまで正攻法で対するようだ。

「そやから～、うちがこの肉体を乗っ取って、したことなんやって。この人には、何の罪もないいんやって」

武藤の資料に目を通していた当麻が、カリカリしながらマジックミラーの向こうに毒づいた。

「チッチッチッ。何、すっとぼけてんだよ〜アイツ」

「声がでけえよ」

「あんたに言われたくねえ」

当麻と瀬文が子供のケンカをしている間も、取調べはいっこうに進展のないまま続いている。

「どうしても、信じてくれないんですか？」

「当たり前だ」

「仕方がないですねぇ。では、うちが憑依できること、お見せしましょ。この部屋を覗《のぞ》いているそっちの方に行きます」

刑事たちがけげんな顔をしていると、武藤がコト、と頭《こうべ》を垂れた。

「ん？」

マジックミラー越しの視線もいっせいに集中する。すると、武藤が突然居眠りを終えたかのようにハタと目覚めた。

「あれ？　ここ……どこっすか？」

きょろきょろと周りを見回す目つきが、普通に戻っている——そのときだ。

当麻たちの部屋の隅に立っていた巡査が突如、地団太を踏み始めた。

「うわっ!? ニャニャニャニャ……」

この巡査、先ほど女托鉢僧《たくはつ》にお布施をした男である。

「ニャニャって、どうしたの?」

野々村が尋ねると、巡査は右手で足をかきむしりながら情けない声を出した。

「この肉体に憑依してみたら、ミズムシがかゆうてかなんわー」

瀬文がすばやく拳銃《けんじゅう》を抜き、同時に取調室に合図する。鹿浜たちが慌ててこちらの部屋に飛び込んできた。

「ちなみに、この肉体、お名前は?」

巡査が、自分自身を指差して言った。

「誰だ?」鹿浜が猪俣を見る。

「林実《はやしみのる》巡査です」猪俣が答える。

「林実? うわーめっちゃ平凡な名前やねえ。日本中に何ぼでもいそうやわ。あ、そや。では、うちの能力を証明するために、これから林実という人に片っ端から憑依して見せたろ。な、おもろない?」

「それは、ちょっと面白いかも……」

いの一番で乗っかったのは、もちろん当麻である。

「こら！」瀬文が叱りつける。

「んじゃ、ゲームスタート。行ってきまーす」

そのとたん、林巡査の体からカクッと力が抜けた。武藤のときと同じだ。そしてまた、林巡査は急に居眠りから覚めたように目をぱちくりさせた。

「え！　すいません……。今、居眠りしてました？」

慌てて直立不動の姿勢をとり、申し訳なさそうに当麻を見る。

「いや。林さんガチで憑依されてました。すげえ見応えありました。いやー。いいもん見たなー」

「バカやろう」

しかもそのダセぇジャージはなんだ。瀬文は思いきり蹴《け》りを入れた。

＊

「当てたねえ。すげえな。お前」

まったく敬意のこもらない口ぶりで、津田が手を叩《たた》いた。

「だから言ったじゃないですか。未来は絶対なのです」

「んじゃ、次は、マリオカートやる？」

「約束ですから、そろそろ釈放してください。私の予言が大惨事を止めたんですから」

「まあまあ、かたいこと言わずにさ」

「実力行使してもいいんですよ」

「仲間を呼ぶかい。それはそれで、好都合だけど」

「………」

食えない男だ。ゲームで負かすようにはいかなかった。

*

林巡査と武藤は手錠と足錠をかけられ、会議室に監禁されることになった。

「とにかく、どういう処理をするか、捜査一課内で合議する。沙汰《さた》を待て」

馬場がうんざりして言った。この子供だましのような事件にすっかり辟易しているのだ。

「お前ら、見張ってろ」

例によって横柄な鹿浜に、例の如く野々村が「御意」と謙虚に頭を下げる。

馬鹿猪トリオは、その順番どおり会議室を出ていった。

「正直に吐いた方が身のためだぞ」

瀬文は、半分ため息混じりに被疑者二人に向き直った。

「助けてください。本当に覚えがないんです」

「信じてください。僕らは被害者なんです」

林巡査と武藤は半泣き状態で口々に訴えた。もしこれが芝居なら、二人でレッドカーペットを腕を組んで歩かせてやってもいい。

「憑依されてるときの気分とかは？」

当麻がワクワクして尋ねる。

「意識がふっと遠のいて……」と林巡査。

「典型的な憑依のパターンすね。いやあ、たまらん」

「典型的なってどういう意味だよ。憑依なんて、詐病かイカれるかのどっちかだろ。他人の人格が入りこんでくる訳がない」
チ、と当麻が短く舌打ちした。
「んじゃ、二人とも偶然に発病したとかってことですか？」

「二人とも芝居をしてたんだろ」

「芝居なんてしてません。本当に意識が奪われたんです」

必死になって主張する林巡査に、瀬文は脅しをかけた。

「自白剤でも打たれてみるか、ん？」

「全然かまいません、お願いします」

「え？　自白剤って違法じゃね」

当麻が、珍しくまともなことを言った。

＊

「検査の結果、ガソリンスタンドの店員・武藤も、林実巡査も、嘘をついている兆候は一切なし。嘘発見器も自白剤もね」

未詳に戻ってきた野々村は、わけがわからん、という顔をしている。

「自白剤って……ホントに使っちゃったんだ」

「……公安って、怖いとこだな」

当麻と瀬文の突っ込みどころは、とりあえずそっちである。そんな二人の声は都合よく聞こえないと見え、野々村は淡々と続ける。

「ところがだ、二人に共通する記憶が一つあった」

「何ですか」

「托鉢僧を見たらしい。しかも京女のな……」

「京女の托鉢僧？」

当麻の天才的頭脳がにわかに混乱する。

「それはちょっとエロいな」

瀬文が男前を崩さずさらっと言う。

「は？」

「エロいよねぇ。心、惹《ひ》かれるよねぇ」

野々村が急にヘラヘラとする。

「ちょっと憑依《ひょうい》されたいすね」

「僕は憑依したいな。憑依して……●☆ДИя¶фИ◆」

『京女の托鉢僧』でこれほど熱く盛り上がれるとは。男のマニア心は不可解極まりないが、んなこたどうでもいい。

「チチチチ」当麻は、下方向へ膨らむ妄想に舌打ちで歯止めをかけた。

「んじゃ、その女の托鉢僧が憑依の何らかのキーマンで、今もいろんな林実さんに罠《わな》を仕掛けているんですかねぇ」

「うむ。何か手を打たねばな」

現実に戻ってきた野々村が、重々しく言った。

「どういう？」

「わかった‼　電話帳で調べて、すべての林実さんに一応警告するのだ‼」

「うーん。地味……」

＊

学校のすぐそばで、托鉢僧《たくはつ》がチリンチリンと鈴を鳴らしている。

周りに住宅しかないこのあたりでは見かけない光景だ。毎朝、校門に立つのを日課としている女子校の校長は、その托鉢僧を見るともなしに見ていた。

校門の前の通りを、男性が通り過ぎていく。徐々に生徒たちが登校してきた。

「校長先生、おはようございまーす」

「おはよう」

次の瞬間、ふっと校長の目つきが変わった。

「キャー」

いきなりスカートをめくり上げられた女子生徒が、悲鳴を上げて逃げ出した。朝の学校がにわかに騒然となる。

「ウフフフ……」

校長先生の淫行《いんこう》は留《とど》まらない。楽しそうに笑いながら、次に登校してきた女子生徒を追いかけ始めた。

「キャ〜」

未詳のアナログテレビに、夕方のニュースが流れた。

『本日、杉並区聖信女子高校で林実校長、58歳が登校中の女子生徒のスカートをめくったり、体を触ったりする事件が起こり……』

「キタ〜〜」

当麻が受話器を放り投げた。

「きちゃった〜〜」

全国の電話帳に埋もれていた野々村である。

「……マジかよ」

瀬文はため息をついた。


「キャー」

アール・デコ調の内装が施されたオシャレな美容室に、女性客のカン高い悲鳴が響き渡った。

「ものすごうお似合いどすえ〜」

オーナーであるカリスマ美容師は、次の瞬間ハッと我に返った。

「な、なんだ」

鏡の中にモヒカンがいる。

「てめー。ぶっ殺す」

怒った女性客が、そばにあったハサミで切りつけてきた。

美容院の看板に書かれた文字は『château de　MINORU　HAYASHI』。

もちろんオーナーの名前である。


『さて、今日のはみだしニュースのコーナーです。全国の林実さんにご用心というちょっと奇妙な事件です』

ワイドショーのアナウンサーがにこやかにしゃべるのを、当麻たちがテレビの前で食い入るように見つめている。

『はい。この表をご覧ください。この2日間で林実さんという名前の人ばかりが、警察沙汰《ざた》になるという珍事件が発生しました』

アナウンサーがフリップを出す。野々村がゴクリとツバを飲み込んだ。

「いよいよかぎつけられたか」

無言でニュースの続きを待つ。

『1件目は杉並区の校長先生、林実さんが女子生徒に襲いかかり逮捕。2軒目は原宿の美容室で、突然美容師の林実さんが女性のお客さんとトラブルを起こし、3件目は大阪の林実さんが……』

　事件の場所が明らかになるたび、野々村がビックリ仰天する。

「え～、大阪？　え～札幌？　え～沖永良部島《おきのえらぶ》？」

「どこだよ」瀬文はもうどこでもよくなっている。

『靴屋のウインドーガラスを割り1250円の子供用サンダルを強盗……と、このように何人もの林実さんが事件を起こしているんですねぇ』

　アナウンサーが事件のあらましを解説すると、感想を求められたコメンテーターたちが勝手にくっちゃべり始めた。

『ねえ。おかしいよねえ。本人たちは憑依されたって言ってんでしょ』

『ないない。憑依なんてバカバカしい』

　ワイドショー万歳。

「まだみんな本気にはしてないみたいだな。う――ん。セーフ。ギリギリセーフ」

　野々村がホッとしてアンパイアの真似をする。

「マスコミが本気で煽《あお》りだす前に止めないとヤバイですね」

　瀬文が言ったとたん「すでにヤバイよ」と馬場たちが入ってきた。

「これはこれは管理官」

「こんな挑戦状がきた。憑依する女からだ」

手紙を渡された野々村が、その文面を読みあげる。

「おたくら警察がうちの憑依する能力を認めようとしないので、予告どおり、林実という名前の人に憑依して見せることにしました。本人に身に覚えのない罪で、果たして司法は人を裁けるんかなあ？　警察は、どんな人にも憑依できるこの私を捕まえることができるんかなあ。とても楽しみにしてます。ちなみに48時間以内にうちを捕まえられない時には……」

「どうすんすか」

「どうすんすか」

図らずも瀬文と当麻が同じ問いを発すると、鹿浜が渋面を作って答えた。

「マスコミに対して、憑依する能力を発表する、だとさ」

「それだけ？　なぁーんだ」

お気楽な野々村に、例によって鹿浜の叱責《しっせき》が飛ぶ。

「バカ野郎!!　そんなインチキがもし世の中にまかり通ったら、すべての犯罪が憑依のせいにされてしまうんだぞ!!」

例の如く野々村が「は、はー」とひれ伏す。さらに馬場から未詳に命令が下された。

「そもそもこれは法治国家の根幹をゆるがす事態だ。とにかく政治家や人権団体が動き出す前に事件を解決するんだ。わかったな」

「は、はー」

要するに面倒を押しつけて、馬鹿猪トリオは部屋を出ていった。

と、鹿だけがコソコソと戻ってきて、ヒソヒソと声を潜めた。

「ちなみに警視総監の娘婿殿が林実というお名前らしい。くれぐれも巻き込まれないように。いいな。頼むよ」

「は、はー」

シーンとした未詳の部屋に、「チッ」と当麻の舌打ちが鳴る。

「感じわる」

すでに瀬文は黙々と電話帳を集めている。

「マジメっすね」

「こんなバカげたことで被害者が出たら、そいつがかわいそうだからな」

「そうすね」

瀬文のこんなところは悪くない。

当麻はこっそり微笑んで、自分も電話帳を集め始めた。

＊

夕飯には少し早い時間帯のせいか、『中部日本餃子《ギョーザ》のCBC』はガランとしていた。

「うちのクラスの林実も憑依《ひょうい》されるのかな。学校休んじゃってっけど」

隅のテーブルに陣取った男子高校生グループが、例の事件の話題で盛り上がっている。

「憑依って、感染するんだって。てか、一度憑依されたら人格が変わって、そのうちに人格が分裂しまくって、最後には自殺しちゃうって」

「マジかよ……」

そのとき、深刻そうな顔で友達の話を聞いていた男子高生がカミングアウトした。

「実は……俺、見ちゃったんだ……托鉢《たくはつ》僧の京女」

「えっ……！」

「俺も死ぬのかな……」

男子高生の悲壮な声が、当麻たちのいるカウンターまで届いた。

「すでに噂広まってますね。托鉢僧の京女」

当麻は生命力旺盛《おうせい》に、ガツガツ餃子を食っている。

「どうせマスコミのやつらが面白がって水面下で流してんだよ」と、瀬文は取り合わない。

「オヤジさん。バカウマ。おかわりゆで5、焼き5。ニンニク超増量」

「よく食うね」

親父が毎度同じセリフを口にして、厨房《ちゅうぼう》に入っていく。

「はあ。ホントよく食べるね」

深いため息を漏らしたのは、野々村だ。

「林実さんって、しかし、たくさんいるね。最初に憑依してくれた警官がもっとマイナーな名前だったら、どれだけ楽だったか」

仕事の重圧によるストレスのせいで、どんどん影が薄くなっている。

「当麻ならよかったですよね」と瀬文。

「瀬文の方がもっと珍しいですからね。一族郎党ごと隔離したって30人もいないでしょ」

まったく慰めにならないことを言い合っていると、「見てよ」と野々村が泣きそうな顔で写真を出してきた。

「警視総監の娘婿。正義党の代議士。日本一の心臓外科医。大手ネジメーカーの会長。学校の先生に至っては逮捕された校長以外に3人……」

「学校の先生に多そうな名前だもんなぁ」

それは当麻の偏見以外何ものでもない。

「警視総監の娘婿と正義党の代議士だけは厳重に保護隔離して、心臓外科医には、しばらく手術を見送ってもらうことにしたよ。手術中に憑依されてメスを持つ手が狂ったら、大ゴトだからね」

「てか、偉い人がどうかというより、どんな事件を起こされるかでしょ。ガソリンスタンドみたいな事件、全国の林実を保護しても防ぎきれるかどうか」

瀬文が冷静な分析を下すと、野々村は全身でため息をついた。

「どうしたらいいんだろうね……今、勾留《こうりゅう》中の林実さんたちをいつまでもこのままにしてもおけないし、もし本当に憑依されて起こした事件だとしたら、彼らに罪はないわけで」

「立件の仕様がないですよね。ま、そもそも憑依を前提にした犯罪を検察も裁判官も相手にしないだろうし、かといって憑依された本人たちを、まんま罪に問うわけにもいかないだろうし」

当麻の言うように、どこをとっても八方塞《はっぽうふさ》がりなのである。

と、野々村の携帯が鳴った。

「はい、未詳……ええ！　林実が、殺人！」

瀬文と当麻が息を呑《の》む。

「ついに起こってしまったかぁ……」

携帯を切りながら、カゲロウ化していく野々村だった。

*

捜査一課の面々は、すでに事件現場に到着していた。

「おせえぞ。未詳!!」

さっそく鹿浜の怒鳴り声が飛ぶ。

「遅くなり申し訳ありません」

殺人が起きたのは慶徳大学の中山《なかやま》研究室。瀬文が白手袋をはめている間に、当麻は床に横たわった被害者のそばに屈《かが》み込んで遺体を調べ始めた。

「お。これは、IPS細胞研究の第一人者、中山和紀《かずのり》教授ではないですか。うーむ。生前にお話を伺いたかった。く——」

無念そうに老人の死体にしがみついている。

「こらこら。死体に素手で触るな」

女として残念なうえに現場保存の鉄則すら失念か。

「すみません」当麻は合掌し、検分を続けた。「扼殺《やくさつ》だ。防御創がかなりある。ずいぶんと長く抵抗したんですね。扼痕《やっこん》が幾つかあるなあ。しかも顔に扼殺には珍しく、うっ血が残ってる……」

「珍しくってどういう意味だ」

鹿浜が聞き咎《とが》める。

「扼殺は普通、顔がうっ血しないんです。うっ血してるってことは長い時間かけて、なぶり殺しにされたってことです。知りませんでした？」

「知ってたよ」もちろん知らない。「そんなこと、とっくに知ってたもんね」

「……他にわかってることは？」

瀬文が尋ねると、猪俣が手帳を取り出した。

「19時13分に110番通報。通報者は、林実37歳。中山教授の愛弟子《まなでし》で、現在、中山研究室の助手」

鹿浜が補足する。

「研究結果について話していて、気がついたら中山教授が倒れていたそうだ」

「犯人だ。で、その林本人は？」

当麻の興味は林実に移った。

「隣の部屋にいる」

林実は、数人の制服警官に監視されていた。

「何で本庁に連行しないんすか？」

「それは……物証も、目撃証人も、本人の記憶もないから、ですよね」

猪俣が目を逸らす。やましい。

「ああ」

鹿浜も目を逸らす。すごくやましい。

「まさかまさか、物証も目撃証人も見つかんなかったら、すっとぼけるつもりじゃないんでしょうな」

二人はあきらかにギクッとした。

「……まさか……ハハハ」

すると突然、馬場がまくしたて始めた。

「当麻君。今のところ、起訴できる何の証拠も我々にはないんだよ。と言うか、憑依《ひょうい》の犯罪を起訴に持ち込めるか？　と言うか、マスコミに報告されたりしてみろ。世界中から超注目され大笑いされあげく、検察に『どうすんだよテメー』と責められ、私たちの人生、メチャメチャだ。ジンバブエのＴＶ局の『ザ！世界仰天ニュース』とかプエルトリコのＴＶ局の『ホンマでっか!?ＴＶ』みたいな番組にまで絶対とりあげられて、世界中の笑い物になるんだよ。この私がだ、ジーザスクライスト!!　ファッキン!!　シット!!　ゴータマシッダールタだ!!」

途中からは、やましさＭＡＸの逆ギレ状態である。

「……しかし、扼痕から指紋も出るでしょうし、この爪に残った肉片から、たぶん林実の

DNAが……」

当麻が遠慮がちに言うと、馬場は「ワ――」と大声を出しながら両手で耳をふさぐという今どき小学生でもしない攻撃に出た。

「ワ――」「ワ――」鹿浜と猪俣も馬場に倣って、三馬鹿猪トリオの出来上がりだ。

「とぼけきれないですよ。監視カメラがありますから」

瀬文が天井の一角を指差して教えてやると、3人自ら一時停止状態に入った。


「僕が？　中山教授の首を僕が絞めたって言うんですか」

助手の林実は、バカバカしいというように顔をしかめた。

「ええ。監視カメラに、あなたが中山教授を絞め殺す映像がバッチリ残ってました。あなたの手の甲に残っている傷、これは中山教授が抵抗している時に出来た傷です」

瀬文の説明を聞いた林は、自分の右手をまじまじと見た。

「この傷、いつの間に……」

「ホントに、何も覚えてないんですか？」

当麻が聞くと、林は大きくかぶりを振った。

「最初から言ってるでしょう！　本当に、何も知りません！」

そのあと林はしばらく頭を抱えていたが、ふと声を漏らした。

「……ただ……」

「ただ、何ですか？」

「科学者として、こんなこと言うのはお恥ずかしい限りですが……何かにとり憑かれたような時間があった気がして、仕方がないんです……」

「つまり、憑依されたと」

林は、すがるような目で当麻にうなずいた。

＊

林実は警視庁に連行された。

鹿浜と猪俣が、林を連れて取調室へ入っていく。廊下で林巡査がすれ違った。どこかで見かけた気がするが、容疑者と自分が同姓同名であるとは、知る由もない。

「とりあえず、この事件の指揮は未詳が執るということでよろしいですか？」

馬場がさも当然のことのように言った。エリートはこれくらい面の皮が厚くないと務まらないのである。

「ゲゲ。こっからですか……。それは殺生と申しますか……」

面の皮が薄い野々村の顔からは、血の気が引いていくのが見えるようだ。

「こういう不可思議な事件は、未詳の方がご専門でしょ」

当麻と瀬文は、少し離れて二人の会話を聞いていた。

「チッチッチッ。小さいやつらだよな」

「年くうと、人生にリカバリーがきかなくなるから、必死なんだよな」

「あー」納得。

そこへ、林巡査がトコトコやってきた。

「ケンカしとる場合やおまへんで。もうすぐ約束の48時間が経ってしまいます」

「!!」

なんとまた憑依されているようで、目の色が違う。

「たんま。たんま、もちょっと待って」

野々村は大パニックである。慌てて鹿浜と猪俣が取調室から飛び出してきた。

「いやいや十分待ちましたえ。林実しばりも飽きました。今からはいろんな人に憑依して、うちのSPEC《スペック》を世界中に認めさせてもらいます」

ヒュンと憑依がとけ、林巡査はクタッと座り込んだ。次の瞬間にはもう通りかかった制服警官が憑依されており、拳銃《けんじゅう》をホルダーから引き抜こうとしている。

「左利き?」

野々村が見とがめた。まごつきながら銃ホルダーのホックをはずし、左手で銃をつかんだからだ。

「初めて持ったけど、重いもんやな」

そう言いながら、フラフラと銃を構える。

「やめろ」瀬文が銃を抜いた。

「おーこわ。ではごめんやす」

ヒュンと憑依がとけ、制服警官は左手に銃を持ったままクターとくずおれた——。

＊

「犯人は左利き。左利き」

野々村は、片っ端から資料を当たっている。

「それはわかってますけど。で、何を調べてるんです？」

瀬文が聞くと、野々村は情けなさそうに肩を落とした。

「……調べてるふりをしてるだけ。犯人のヒントが左利きだけで犯人見つけるなんて……ムリ」

「……あれ、当麻は？」

「帰ったんじゃない。僕らも今日は引きあげよう」

「……そうすね」

「明日は女托鉢《たくはつ》僧探しに行くよ。たぶん彼女が犯人だ」

「おつかれやまです」

瀬文としたことが、うっかり当麻の口癖に憑依されてしまっている。

*

犯人は現場に戻る。

現場検証の終わった慶徳大学の中山研究室には、立ち入り禁止のテープが張り巡らされていた。

教授の死体をかたどった白線の跡が生々しい。その横で、カタカタカタカタとPCのキーボードを叩《たた》く音がする。

モニターの明かりに、ぼーと不気味に浮かびあがる姿。

「ふーむ」

犯人ではなく、当麻である。

未詳に戻った当麻は、中山教授のPCから勝手にプリントアウトしてきた論文を読み始めた。

『IPS細胞の再生メカニズムにおける各細胞間の情報交換システムについて』

発表者はもちろん、中山和紀教授である。

「なるほど……」

キャリーバッグから墨と硯《すずり》と、筆を取り出す。

「しまった。半紙がない」

論文の束をチラッと見て、

「ま、これ使わしてもらうか」

心静かに墨をすりはじめる。そして、論文の裏にサラサラと筆を走らせた。

『警官の林実』

と大書する。

『托鉢僧の女』

『校長の林実』

『美容師の林実』

『大阪の林実』

『助手の林実』


『論文』

『うっ血』

『防御創』


『左手で拳銃』


当麻はすべての書をガッとつかんでビリビリに引きちぎると、天に向かって放り投げた。

論文の切れはしが、桜吹雪のようにハラハラと落ちてくる。その中に、凜《りん》として当麻が立つ。

論文片の文字が量子力学理論上の電子のように多重に重なり、やがて波動関数上の解を導きだすように、仕掛けが壊れ、謎がほどけていく。

アルファベットの渦、渦、渦——。

なぜか元素周期表が当麻の目に認識された瞬間、閃《ひらめ》きが走った。

「いただきました!!」

＊

清々《すがすが》しい秋晴れの朝だというのに、警視庁の会議室は空気が澱《おり》のようによどんでいた。

「僕は死刑になるんでしょうか」

鹿浜と猪俣に挟まれ、コーヒーを手にじっと天井を見つめていた林が、ぽつりと言った。

「だって、意識なかったんだろ。精神鑑定に回されて、心神喪失状態で責任能力がないってことで無罪放免じゃないの」

あごの無精ひげを抜きながら、鹿浜が言った。一晩考えても、事件解決の糸口は皆目つかめない。

「こんだけ憑依《ひょうい》事件が連発してたら、認めざるを得ないだろ。犯人がマスコミに能力を発表したら世論も動く。君は被害者だから、罰するわけにはいかないよ」

猪俣も煮え煮えで目の下に隈《くま》をこさえている。

「しかし自分の手で、親兄弟より大事な中山教授をこの手で殺してしまった以上、死刑にしてもらった方が、いっそ楽です」

林が涙を浮かべたとき、トントンとノックの音がして、当麻が会議室に入ってきた。

「何だ」

「チッチッチッ。この一連の事件の犯人がわかったんで教えにきたのに、なんすか。その態度」

「ホントですか」林が驚いて目を見開いた。

「マジかよ」

「さっき、お二人の上司の馬場さんに伝えときましたから、とりあえず顔出した方がいいんじゃないすか」

「ヤベ」

「待ってください」

鹿浜と猪俣は、転げるように会議室を出ていった。

「ククク。バカでしょ、天才のあなたから見ると凡人たちって」

「そんな。僕はずっと助手で……。中山教授のお荷物でした」

「さっき、大学の研究室でパソコンを調べさせてもらいました」

「ん？　僕のパソコンには、ほとんど論文に関する資料はない」

「はい。中山教授含め他の人のパソコンにはいろいろ資料が入ってましたが、林さんのパソコンだけ、なんの資料もありませんでした」

「…………」

「でもですね……、そうするとおかしいんです。この論文に関する記述の7割位が、誰のパソコンの中にも入ってない。んじゃ誰が書いたのかよ、あの論文は……ってことになります」

「……中山教授ですよ」

「中山教授のパソコンこそ、スカスカっすよ。いや、データ量のことじゃないですよ。データのクオリティーです。中山さんのあの程度の頭脳じゃ絶対に、あのノーベル賞もんの論文は書けないですもん。ガウスにせよグーデルにせよシュレーディンガーにせよ、レフ・ランダウにせよ、天才の論文には神の哲学が感じられますもんねえ」

当麻は目を閉じてうっとりした。

「はあ。何がおっしゃりたいのかよくわかんないんですが……」

「聞きたい？　聞きたい？　なら言いましょう。中山教授が書いたと考えられているあの有名な論文は、あなたが書いたんです」

「まさか。証拠はあるんですか？」

「ご存じかと思いますが、コンピューターのデータは操作して消しても完全には消えません。林さんは相当、丁寧に消す操作をしたつもりかも知れませんが、消しきれなかったデータを私、復元しちゃいました。コンピューターに関してだけは私の方が詳しかったようですね。テヘ。ごめんなさい」

舌をペロッと出してみせる。

「……キモ」

ムカつく男だな。

「では続けます。……5年前、なぜIPS細胞が移植された先の、それぞれの臓器にあわせて各々細胞単体が思考し適応を始めるのかというメカニズムを検証、実験、証明した論文。世界を激震させました。私も感動して泣きました。あなたが書いたんです」

「………」

「なのに当時の論文はあなたの名義じゃなかった。一言でいえば手柄を横取りされたんですよね。中山教授に……」

沈黙しているものの、心なしか林の唇が震えだした。

「ここまでは、いろんな人からあとで裏をとれると思います。間違いない。さて、こっからは私の勘ぐりです。中山教授は、パクッたんじゃない。単純なミスだとすっとぼけ、あんたに謝ったんじゃないすか。今から訂正するのもみっともない。必ず教授にとりたててやるから許してくれとかうまいこと言って。でも、あなたはいつまでたっても助手のまま。

裏切られた憎しみであなたは中山教授を殺した」

「……憎んでなんかいませんよ。お世話になってる愛弟子《まな》なんですから。万が一、僕が殺したんだとしたら……やっぱり、何かに憑依されたんです！」

当麻は余裕でニッコリした。

「林さんのような超天才にあたしのような凡人が説明するのも多少、気恥ずかしいですが……人間の脳は通常1割しか使われていません。残りの9割にどんなSPECが秘められているか、まだわかってないそうですが、私、他人に憑依する能力って実際にあると思うんですよ」

「…………」

「この奇妙な事件が次々起こっていくのをじっと眺めていて、私、最初はマジうらやましかったんすよ。だって、自分が直接やれないバカバカしいことやり放題じゃないすか」

スカートめくりなんか、その最たるものだ。

「女の人でもそう思うんだ」

「そうなんすよ。でもね〜、あのイタズラの種類、どう考えても女の欲望じゃないんすよね」

不意に目を射貫《いぬ》くと、瞬間、林の表情に動揺が走った。

「……今の顔、自白と考えていいですかね」

「まさか」

「ま、いいや。あたしのセリフ続けますね。ミステリーはここが長いんだよ」

「どうぞ、手短に」

「んでね、あたし、この事件をずっと眺めててですよ、あたしだったら、憑依ってだんだんもの足りなくなる気がしたんですよね。やっぱり、自分自身で、自分の名前で、この自分の手でやった方が楽しいんじゃないか」

　言いながら、両手を突き出す。

「だから、あなたは実際に憑依するSPECがあるにもかかわらず、自分の手で中山教授を絞め殺した……。中山教授の死体、いくつも扼痕《やっこん》がありましたよね。あれ、何度も何度も絞めたり、一瞬離したりして、長い時間かけて最大の苦しみを与えながら殺した証拠なんすよー。顔にうっ血ができるって、扼殺《やくさつ》だと相当なもんです。イタズラ気分じゃできません」

　反論がこない。調子づいて当麻は続けた。

「あなたは中山教授を自分の手で殺すために、あなたと同じ名前の何人もの林実さんに憑依し、この一連の事件を仕掛けました。自分も憑依されたってことにして、殺人罪から逃れるためにね」

「私は科学者でね、推論だけじゃ納得できない。証拠はあるんでしょうね」

「私にガソリンをぶっかけた、武藤さん。実は、左利きなんですよ。ところが、あの瞬間は右利きでした」

車の誘導は左手だったのに、ガソリンをぶちまけたあと、ライターに火をつけようとしたのは右手だ。

「覚えてませんか？　あのとき、武藤さんに憑依したあなたに、ガソリンをぶっかけられたの、私なんですけど」

「知るわけないでしょう」

「憑依《ひょうい》する側の肉体が右利きだと、操られる人の利き腕が左でも右利きになるとは人類初の大発見です」

「だったら昨日、制服警官の方がそこで大立ち回りした時とつじつまがあわないですよね。僕この目で見てましたよ」

そう、確かにあの制服警官は左手で銃を構えていた。

「あれは、仕方なく左手を使ったんです。なぜなら……」

当麻がいきなり林の右手首をつかみ、そのままグイッと目の高さまで持ち上げる。

林の右の人差し指は、赤く腫《は》れ上がっていた。

「中山先生ともみあってる最中、右手の人差し指を痛めて、右手だと引き金が引けなかったからです」

銃ホルダーのホックをはずすのに手間取ったのは、人差し指を使えなかったからだ。

ニコッとして、当麻は締めくくった。

「QUOD ERAT DEMONSTRANDUM。証明終了」

林は急に肩の力を抜き、リラックスした姿勢になった。

そして、自白した。

「あなたの言うとおり、中山教授を殺したのは、私ですよ」


——昨夜、林が研究室に入っていくと、中山教授はPCの前に座っていた。

「出来たかい?」

「これです」

林が作成したデータを読み、満足そうに何度もうなずく。

「うん、うん、さすが林君……」

口もとがフッとゆるんだ。もうすぐこいつがこの世から消え去ると思うと、笑みが抑えきれない。

「……あんた、いつまで俺を日陰者扱いするつもりだ」

「ん?」

「僕がどれだけあんたの論文に貢献してると思ってるんだ。それを、何もかも自分の手柄にして……僕がいつまでもおとなしくしてると思ったら、大間違いなんだよ」

林の両手が、老教授の首をぐいぐい絞める。教授は林の右手の人差し指をねじ曲げて必死に抵抗したが、やがて力尽きた。

林は肩で息をしながら、絶命した中山教授を露ほどの後悔もない冷たい目で見下ろした——。

「すべては君の推論どおりだ。あのジジイが僕の手の中で苦しみながら息絶えていく感触を味わいたかった。そして、憑依されたことにして罪を逃れるつもりだった」

「せっかくのSPECも頭脳もお持ちなのに、残念です。これからは刑務所で死ぬまで日陰者です」

「もういい。僕はそろそろ次の体に移って逃げるよ」

「え」

その時、鹿浜と猪俣が会議室に戻ってきた。

「当麻、てめー、馬場さんに伝えたって嘘じゃねえか……う!!」

同時に、林の体がクタッと椅子に落ちる。その瞬間、鹿浜に異変が起きた。

「やられた」当麻は唇を噛《か》んだ。鹿浜に憑依するとは。

「左手だが、この至近距離なら何とかなるだろ」

鹿浜が銃を構え、当麻に狙いをつける。

「鹿浜さん⁉」猪俣はまだ状況を把握していない。

「……林に憑依されたんだ」

当麻は、鹿浜から目を離さずに教えてやった。

「死ね」

タムと一発、銃が発射される。弾は当麻の顔のすぐ横をかすめ、壁に穴をあけた。

「惜しい」

鹿浜がにやっと笑った。やっと猪俣が銃を抜く。

「先輩の肉体を撃てるものなら撃ってみろ。絶命する前に、俺は他の肉体に憑依して逃げるだけだ。まあ、この肉体は死ぬがな」

「……畜生～」

鹿浜は猪俣に気を取られている。当麻はとっさに愛用のキャリーバッグを抱えて投げつけた。ファスナーが開きかけていたのだろう、中身を撒《ま》き散らしながら、キャリーバッグが鹿浜にヒットする。

続いて当麻が飛び蹴《げ》りをくらわすと、鹿浜は吹っ飛んで床に転がった。

「やろー」

トドメを刺そうとした次の瞬間、猪俣が銃床で当麻の頭を殴りつけた。

「なんで……」

「バ〜カ。今度はこっちだよ」

いつの間にか、猪俣が憑依されている。床に倒れた当麻に、銃が向けられた。

「……しまった」

猪俣がジリジリと当麻に近づいていく。そこへ、瀬文が銃を手に飛び込んできた。

「待て。こら」

瀬文が猪俣に銃を向け、その猪俣の銃口は当麻のこめかみに当てられている。

「お前らに僕は捕まえられない」

猪俣は不敵に笑った。

「……当麻から銃を離せ」

「俺に命令するな」

「これが最後のチャンスだ。当麻から銃を離して降伏しろ」

「は⁉　やっぱ警察はバカだな。死ね‼」

猪俣の指が引き金にかかる。何を思ったか、瀬文は振り向きざま、椅子でぐったりしている林の肉体に向けて発砲した。ギャーと悲鳴があがる。

「な……なぜ……」

ショックで憑依がとけたらしく、林が自分の体に戻っている。

「指の怪我ひとつ憑依先の肉体で影響されるんだから、しょせん、この肉体から離れられないはずだよな」

「ぐ――」

撃たれた左脚を押さえながら、林は歯ぎしりした。

「逃げようとしたら、本体をボコボコに痛めつけるからな。逃げんなよ」

「はい」

「余罪はともかく、中山教授殺しだけはあなたが実際の肉体で行った犯罪ですから、立件、起訴します。心神喪失でもなく、現行法の中できっちりと罪を償ってもらいますから覚悟しとけよ。この野郎」

二度も殺されかけた当麻は怒り心頭である。

「……く」

＊

事件の解決を知らずに警視庁へ向かっていた野々村は、チリンチリンと鈴を鳴らしながら歩いている女托鉢僧《たくはつ》を発見した。

「出たな。妖怪《ようかい》女狐」

興奮しつつ、駆け寄って声をかける。

「あのー警察のものですが」

なぜか女托鉢僧はビクッとして、野々村に手を合わせた。

「すみません。ごめんなさい、うち偽者なんです」

「偽者？」

きょとんとしていると、女托鉢僧は観念したように編笠《あみがさ》を取った。裏返すと、なんと内側にお経が張ってある。

「これを読んでれば、募金サギよりもうかるって教えられて……。ごめんなさい」

「てか憑依《ひょうい》のことについて聞きたいんだけど……」

そのとき、携帯電話が鳴った。

「――へ。解決？」

チリリン、と一件落着の鈴が鳴る。

＊

その夜、海野は警察病院のカウンセリングルームでネットニュースを見ていた。

「この顔ですか？」

少し体をずらして、美鈴が画面を見やすいようにする。大学教授殺害事件の犯人、林実の写真が出ていた。

「間違いありません。兄に触れた時、この人の顔の映像があたしの頭の中に飛び込んできたんです」

「うーむ」

「それだけじゃありません」

美鈴は、現在行方がわからなくなっている占い師・冷泉俊明の写真と、先日死刑が執行された元死刑囚・桂小次郎の新聞切り抜きを見せた。

「この人たちの顔も、あたしの頭の中に飛び込んできました」

「何だろう。指名手配写真……じゃないか」

「全部事件の前です」

「あなたのお兄さん、もしかしたら……」

海野は、深刻そうに眉《まゆ》を寄せた。

「何か、知ってて殺されそうになったのかも知れない」

「え!?」

＊

警視庁の特別留置場。

水滴が滴り落ち、水たまりがあちこちにできている。

林実は手当てを施され、寝かされていた。

表には警官が二人。

厳重に隔離されている——はずだった。

＊

「いやあ、当麻君、瀬文君。お手柄、いやあお手柄でした」

野々村は上機嫌である。

「ありがとうございます」

「ありがとうございます」

「んじゃ、お祝いにごちそうするよ。どう。『中部日本餃子《ギョーザ》のＣＢＣ』で一杯」

「すみません。自分は所用が。失礼します」

瀬文は上着を取って、さっさと出ていった。

「あ、そ。当麻君は？」

「あたしは、これからが本番なんです」

そう言って、せっせとモニターを設置している。

「なんの？」

「せっかくのエサが手に入ったんですよ。これを使わない手はないんです」

スイッチを入れると、モニターに特別留置場の画《え》が出た。確認して、RECボタンを押す。

ブーンと五月蠅《うるさ》い音がして、当麻の視界を黒いものが横切った。

「蠅だ」

近くにあった新聞を折り畳み、蠅に狙いをさだめて跳び上がる。

その瞬間、時間が止まった。

静止した蠅を叩《たた》き落《お》とすのは容易《たやす》いが、当麻もまた、空中で静止している。

水滴が宙に浮き、地面に落ちた水滴が見事なクラウンを生んでいる。

すべてが動きを止めた世界の中、廊下に立つ警官たちの真横を堂々と歩いてくる美しい少年——二十一《にのまえじゅういち》だ。

「起きろ」

扉の小窓から声をかけると、眠っていた林が目覚めた。

「ニノマエ……!」

「SPECの存在をなぜ、公表しようとしたの？　まさか目立ちたかったの？」

「僕は僕だ。たまたまSPECがあるからと言って、お前らの仲間にはならない」

「仲間？」

「お前らの組織のことは多少、研究した」

「組織？」ニノマエはさも可笑《おか》しそうに笑った。「何だ。安心したよ。サブコードをよくわかってなかったようだね。まあいいや。これ以上、公にされたら困るからさ……」

「………」

「死ね」

「ひー。助けて、助けて!!」

静寂の世界。

ニノマエは、静止している警官のポケットから、林の入っている留置場の鍵《かぎ》を取り出した。扉の鍵穴にそれを差し込む。その瞬間、バチバチと高圧電流が流れた。

「グァ……」

当麻はじっと動かない。


ニノマエの体をバチバチと電流が流れる。

「当麻～!!」

怒りに満ちた目で、ニノマエはカメラをにらみつけた。


再び、静止している時間が動きだした。

当麻の即席蠅叩きは空振りし、蠅がブーンと飛び去っていく。

と、内線電話が鳴った。野々村が取る。

「はい、未詳……何だって」

野々村の顔がみるみる青ざめていく。

「留置している林実が……殺された」

「!!」

当麻が慌ててモニターを見ると、特別留置場は大騒ぎになっていた。

急いで録画を停止し、高速で巻き戻す。一瞬、ノイズが走る。ゆっくりサーチをかけていくと、カメラが瞬間、その姿を捕らえていた。

こちらをにらみつけている、ゾッとするほど端整な少年の顔。

当麻はその顔に釘付《くぎづ》けになった。

「やはり……ニノマエ」


（『SPEC　II』に続く）

本書は『ＳＰＥＣ』のシナリオをもとに小説化したものです。
小説化にあたり、若干の変更があることをご了承ください。

出版企画／ＴＢＳテレビ　メディアビジネス局　ライセンス事業部

SPEC《スペック》 I

脚本／西荻弓絵《にしおぎゆみえ》　ノベライズ／豊田美加《とよだみか》

平成22年 10月25日　初版発行
平成25年 10月 5 日　12版発行

発行者●山下直久

発行所●株式会社KADOKAWA
〒102-8177　東京都千代田区富士見2-13-3
電話 03-3238-8521（営業）
http://www.kadokawa.co.jp/

編集●角川書店
〒102-8078　東京都千代田区富士見1-8-19
電話 03-3238-8555（編集部）

角川文庫 16509

印刷所●旭印刷株式会社　製本所●本間製本株式会社

表紙画●和田三造

ISBN978-4-04-353403-6　C0193

角川文庫発刊に際して

角川源義

　第二次世界大戦の敗北は、軍事力の敗北であった以上に、私たちの若い文化力の敗退であった。私たちの文化が戦争に対して如何に無力であり、単なるあだ花に過ぎなかったかを、私たちは身を以て体験し痛感した。西洋近代文化の摂取にとって、明治以後八十年の歳月は決して短かすぎたとは言えない。にもかかわらず、近代文化の伝統を確立し、自由な批判と柔軟な良識に富む文化層として自らを形成することに私たちは失敗して来た。そしてこれは、各層への文化の普及滲透を任務とする出版人の責任でもあった。

　一九四五年以来、私たちは再び振出しに戻り、第一歩から踏み出すことを余儀なくされた。これは大きな不幸ではあるが、反面、これまでの混沌・未熟・歪曲の中にあった我が国の文化に秩序と確たる基礎を齎らすためには絶好の機会でもある。角川書店は、このような祖国の文化的危機にあたり、微力をも顧みず再建の礎石たるべき抱負と決意とをもって出発したが、ここに創立以来の念願を果すべく角川文庫を発刊する。これまで刊行されたあらゆる全集叢書文庫類の長所と短所とを検討し、古今東西の不朽の典籍を、良心的編集のもとに、廉価に、そして書架にふさわしい美本として、多くのひとびとに提供しようとする。しかし私たちは徒らに百科全書的な知識のジレッタントを作ることを目的とせず、あくまで祖国の文化に秩序と再建への道を示し、この文庫を角川書店の栄ある事業として、今後永久に継続発展せしめ、学芸と教養との殿堂として大成せんことを期したい。多くの読書子の愛情ある忠言と支持とによって、この希望と抱負とを完遂せしめられんことを願う。

一九四九年五月三日

角川文庫ベストセラー

バッテリー　あさのあつこ

天才ピッチャーとして絶大な自信を持つ巧に、バッテリーを組もうと申し出る豪。大人も子どもも夢中にさせた、あの名作がついに文庫化！

バッテリーⅡ　あさのあつこ

中学生になり野球部に入った巧と豪。二人を待っていたのは、流れ作業のように部活をこなす先輩達だった。大人気シリーズ第二弾！

バッテリーⅢ　あさのあつこ

三年部員が引き起こした事件で活動停止になった野球部。部への不信感を拭うため、考えられた策とは……。大人気シリーズ第三弾！

バッテリーⅣ　あさのあつこ

「自分の限界の先を見てみたい――」強豪横手との練習試合で完敗し、巧の球を受けきれないのでは、という恐怖心を感じてしまった豪は……!?

バッテリーⅤ　あさのあつこ

「何が欲しくて、ミットを構えてんだよ」宿敵横手との試合を控え、練習に励む新田東中。すれ違う巧と豪だったが、巧の心に変化が表れ――!?

バッテリーⅥ　あさのあつこ

運命の試合が迫る中、巧と豪のバッテリーがたどり着いた結末は？　そして試合の行方とは――!?大ヒットシリーズ、ついに堂々の完結巻!!

福音の少年　あさのあつこ

小さな地方都市で起きた、アパート全焼火事。焼死体で発見された少女をめぐり、ふたりの少年を結ぶ、絆と闇の物語が紡がれはじめる――。

角川文庫ベストセラー

ラスト・イニング　あさのあつこ

新田東中と横手二中、運命の試合が再開された。瑞垣の目を通して語られる、伝説の試合結果とは…。「バッテリー」シリーズ、その後の物語！

空の中　有川浩

二〇〇X年、謎の航空機事故が相次ぐ。調査のため高度二万メートルに飛んだ二人が出逢ったのは!?　有川浩が放つ〈自衛隊三部作〉、第二弾！

塩の街　有川浩すべての本読みを熱狂させた有川浩のデビュー作!!「世界とか、救ってみたくない？」塩が埋め尽くす塩害の時代。その一言が男と少女に運命をもたらす。

きみが見つける物語　十代のための新名作　スクール編　角川文庫編集部＝編

読者と選んだ好評アンソロジー。スクール編にはあさのあつこ、恩田陸、加納朋子、北村薫、豊島ミホ、はやみねかおる、村上春樹の短編を収録。

きみが見つける物語　十代のための新名作　放課後編　角川文庫編集部＝編

読者と選んだ好評アンソロジーシリーズ。放課後編には、浅田次郎、石田衣良、橋本紡、星新一、宮部みゆきの短編小説を収録。

見仏記　いとうせいこう　みうらじゅん

セクシーな観音様に心奪われ、金剛力士像に息を詰め、みやげ物買いにうつつを抜かす。珍妙な二人がくりひろげる〝見仏〟珍道中記、第一弾！

見仏記2　仏友篇　いとうせいこう　みうらじゅん

見仏コンビがまたまた登場！　あるときは四国でオヘンローラーになり、あるときは佐渡で親鸞に思いを馳せる。ますます深まる友情と絆！

角川文庫ベストセラー

見仏記3 海外篇　いとうせいこう　みうらじゅん

見仏熱が高じに高じて、とうとう海外へ飛んだ見仏コンビ。韓国、タイ、中国、インド、そこで見た仏像たちが、二人に語りかけてきたこととは。

見仏記4 親孝行篇　いとうせいこう　みうらじゅん

ひょんなことからそれぞれの両親との見仏の旅「親見仏」が実現。いつしか見仏もそっちのけで、親孝行の意味を問う旅になって……。

ばいばい、アースⅠ～Ⅳ　冲方丁

天には聖星、地には花、人々は獣のかたちを纏う異世界で、唯一人の少女ラブラック＝ベルの冒険が始まる――本屋大賞作家最初期の傑作!!

黒い季節　冲方丁

未来を望まぬ男と謎の少年、各々に未来を望む2組の男女…全ての役者が揃ったとき世界は新しい貌を見せる。渾身のハードボイルドファンタジー!!

心霊探偵八雲1 赤い瞳は知っている　神永学

幽霊騒動に巻き込まれた友人について相談するため、不思議な力を持つといわれる青年・八雲を訪ねる晴香だったが!?　八雲シリーズスタート！

心霊探偵八雲2 魂をつなぐもの　神永学

幽霊体験をしたという友人から相談を受けた晴香は、再び八雲を訪ねる。そのころ世間では、連続少女誘拐殺人事件が発生。晴香も巻き込まれるが!?

心霊探偵八雲3 闇の先にある光　神永学

八雲の前に、八雲と同じ能力を持つ霊媒師の男が現れる。なんとその男の両目は真っ赤に染まっていた!?　謎の〝両眼の赤い男〟登場！

角川文庫ベストセラー

角川文庫ベストセラー

角川文庫ベストセラー

ひとくちの甘能　酒井順子

あんみつ、たいやき、草餅などなど。四季折々に訪れて、全店制覇したい東京の絶品甘味、老舗・名店が大集合。お店の詳細情報つき傑作エッセイ。

GOSICK ―ゴシック―　桜庭一樹

図書館塔に幽閉された金色の美少女が、怪事件を一刀両断……架空のヨーロッパを舞台におくる、キュートでダークなミステリ・シリーズ開幕!!

GOSICKⅡ ―ゴシック・その罪は名もなき―　桜庭一樹

学園を抜けだし〝灰色狼の村〟にやってきたヴィクトリカと一弥。やがて起こる惨劇が過去への不吉な扉を開く――ふたりの絆が試される第2巻!!

GOSICKⅢ ―ゴシック・青い薔薇の下で―　桜庭一樹

首都の巨大高級デパートで〝人間消失〟!?――事件に巻き込まれた一弥は、風邪で寝込んでいるヴィクトリカに電話で助けを求めるが……。

GOSICKⅣ ―ゴシック・愚者を代弁せよ―　桜庭一樹

かつて王国に君臨した偉大なる錬金術師「リヴァイアサン」から時を超えて届いた挑戦状――ヴィクトリカの推理が冴え渡る、刮目の第4巻!!

サッカーボーイズ 再会のグラウンド　はらだみずき

サッカーを通して悩み、成長する遼介たち桜ヶ丘FCメンバーの小学校生活最後の一年をリアルに描く、熱くてせつない青春スポーツ小説!

サッカーボーイズ 13歳 雨上がりのグラウンド　はらだみずき

地元の中学のサッカー部に入った遼介と、JリーグジュニアユースチームЙを選んだ星川良。競技スポーツとしてのサッカーに戸惑う少年たちの物語。

角川文庫ベストセラー

ヘブンズ・ドア
はらだみずき
脚本／大森美香

残りわずかの命と宣告された勝人と春海は、生まれて初めて、真っ直ぐに人生と向き合い、〝生きろう〟とする。映画『ヘブンズ・ドア』小説版。

TRICK
トリック the novel
蒔田光治
林誠人
監修／堤幸彦

この世界に霊能力者はいるのか？　売れない奇術師・山田奈緒子と物理学者・上田次郎が不思議な現象のトリックを暴く大ヒットドラマを小説化。

TRICK2
トリック2
蒔田光治
太田愛
福田卓郎
監修／堤幸彦

売れない奇術師・山田奈緒子と日本科学技術大教授の上田次郎の凸凹コンビが怪しげな超常現象のトリックを次々と解明！　人気ドラマノベライズ。

TRICK
トリック―劇場版―
蒔田光治
監修／堤幸彦

奇術師・奈緒子に糸節村から神を演じてほしいと依頼がきた。日本科学技術大学教授・上田も巻き込まれ、村では次々と不可思議な現象が……。

TRICK
―Troisième partie―
蒔田光治
林誠人
監修／堤幸彦

ドラマ「トリック」のノベライズ第3弾。おなじみ山田奈緒子&上田コンビが言霊を操るという怪しい男と対決する「言霊を操る男」など全5話。

TRICK《トリック》新作スペシャル
林誠人
監修／堤幸彦

売れない奇術師・山田奈緒子と、プライドの高い物理学教授・上田次郎のコンビが、宇宙から降り注ぐ波動を感知するという占い師・祥子と対決。

TRICK
トリック―劇場版2―
蒔田光治
監修／堤幸彦

大人気ドラマ「トリック」劇場版第2弾ノベライズ。山田奈緒子と上田次郎が対決するのは、村をも消し去る壮大な奇蹟を起こす筐神佐和子。